古典文學研究叢刊 6

唐詩宋詞選說

吳祥熊編著

蘭臺出版社

序

余兄妹幼時，常於飯後閒暇，聚於父親膝下，凝聽其吟誦古文詩詞，每每就所描述之意境悠然神往，再三回味，直至父親退休，仍不時講述。父親七十餘歲時，建議父親紀錄平日所說，予兄妹三人作爲紀念，遂著手紀錄，近八十歲因年事已高未再續寫。現父親年已九十有三，大概已不會再紀錄，故三人整理分類成唐詩宋詞選說上下兩卷（詩七十首、詞三十一首），仍爰舊例交由蘭台出版社出版，以分贈親友門生做爲紀念，同時希望愛好詩詞之讀者，閱此書後能對詩詞之作法、內容、涵義以及作者之寄託有所了解，能夠有更多的幫助。

子　家淦
女　煥如
　　慧如
謹序

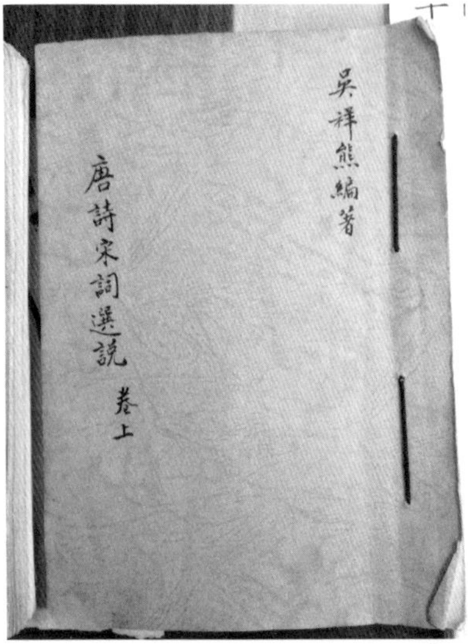
吳祥熊編著
唐詩宋詞選說
卷上

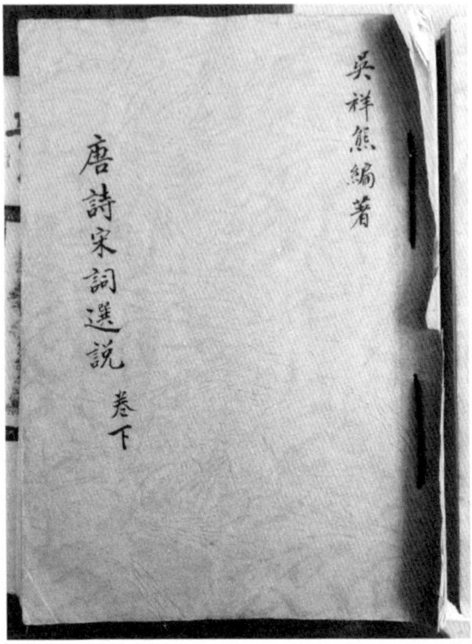
吳祥熊編著
唐詩宋詞選說
卷下

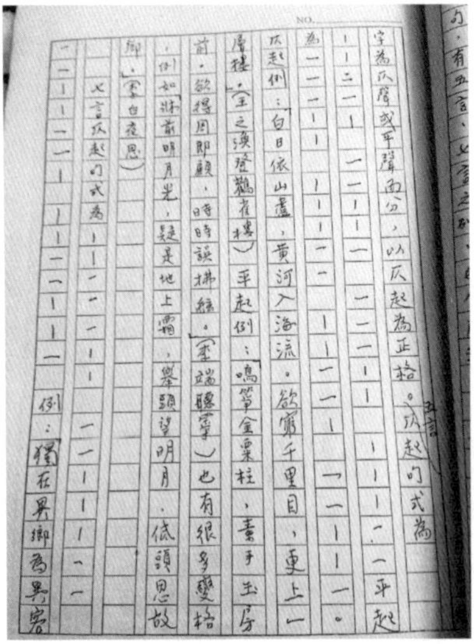
NO.
字為仄聲或平聲兩分，以仄起為正格。五言仄起的式為
仄起例：白日依山盡，黃河入海流。欲窮千里目，更上一
層樓。（王之渙登鸛雀樓）平起例：鳴箏金粟柱，素手玉房
前。欲得周郎顧，時時誤拂絃。（李端聽箏）也有很多變格
，例如床前明月光，疑是地上霜，舉頭望明月，低頭思故
鄉。（李白夜思）
七言仄起的式為
例：獨在異鄉為異客

目錄

宋詞選說卷下　135

卷上
唐詩選說

說詩引言

詩之起源甚古。子夏詩序云：「在心爲志，發言爲詩。情動於中而形於言，言之不足，故嗟歎之；嗟歎之不足，故永歌之；永歌之不足，不知手之舞之，足之蹈之也。」此言詩爲心聲，心有所感，則往往發之於詩，乃極自然之事；故可謂自有人類文明以來，即有詩之產生。

詩經爲我國最早之詩歌總集，有風、雅、頌、賦、比、興六義，孔子錄詩，賦、比、興已合風雅頌中。句式有三言、四言、五言、六言、七言，而以四言爲最多。大都合樂，可以歌唱。屈原離騷作於詩亡之後，說者以爲兼風雅之旨，然其實已別成一體而非詩矣。及至漢武，以李延年爲協律都尉，集文人學士之作及民間歌謠，用以合樂。此類詩可以歌唱，有四言、五言、七言，但以五言爲多。因係樂府所採集，故後世稱爲樂府詩，凡樂府詩以外不合樂者，稱爲古詩。

唐代詩體一變，分爲二大類：一爲絕句、一爲律詩。因其體製與以往不同，稱爲近體詩，而稱唐以前之詩爲古體詩。

絕句出於南北朝樂府，大都協律，可以歌唱。每首四句，有五言、七言之別。句式分仄起、平起二種。依第二字爲仄聲或平聲而分，以仄起爲正格。（仄：｜、平：一）

五言仄起句式爲　｜｜——｜　——｜｜—　———｜｜　｜｜｜——

五言平起句式爲　———｜｜　｜｜｜——　｜｜——｜　——｜｜—

仄起例：「白日依山盡，黃河入海流。欲窮千里目，更上一層樓。」（王之渙登鸛雀樓）平起例：「鳴箏金粟柱，素手玉房前。欲得周郎顧，時時誤拂絃。」（李端聽箏）也有很多變格，例如「牀前明月光，疑是地上霜，舉頭望明月，低頭思故鄉。」（李白夜思）

七言仄起句式爲

｜｜——｜｜—　——｜｜｜——　——｜｜——｜　｜｜——｜｜—

例：「獨在異鄉爲異客，每逢佳節倍思親。遙知兄弟登高處，遍插茱萸少一人。」（王維九月九日憶山東兄弟）

七言平起句式爲

——｜｜｜——　｜｜——｜｜—　｜｜———｜｜　——｜｜｜——

例：「岐王宅裏尋常見，崔九堂前幾度聞；正是江南好風景，落花時節又逢君。」（杜甫江南逢李龜年）仄起首句尾押平聲韻例：「寂寂花時閉院門，美人相並立瓊軒。含情欲說宮中事，鸚鵡前頭不敢言。」（朱慶餘宮中詞）平起首句尾押平聲韻例如：「更深月色半人家，北斗闌干南斗斜。今夜偏知春氣暖，蟲聲新透綠窗紗。」（劉方平月夜）其他變格很多，茲不贅舉。

絕句押韻分平聲、仄聲兩種。押平聲韻，則不押韻之句尾是仄聲。反之，押仄聲韻，則不押韻之句尾是平聲。絕句以押平聲韻較多，五言押仄聲韻例如：「玉階生白露，夜久侵羅襪。卻下水晶簾，玲瓏望秋月。」（李白玉階怨）七言押仄聲韻例如：「獨訪山家歇還涉，茅屋斜連隔松葉；主人聞語未開門，繞籬野菜飛黃蝶。」（長孫佐輔尋山家）

律詩係受南北朝永明聲律之影響。齊梁時已有五言律詩，但至唐代始有律詩之名，分五言、七言兩種。

律詩每首八句，兩句爲一聯。中間四句必相對偶，首尾四句以不相對偶爲正格。分平起、仄起兩種，首句尾起韻，也有不起韻，但二、四、六、八句必須協韻，且一韻到底。

七言平起句式爲

——｜｜｜——　｜｜——｜｜—　｜｜———｜｜　——｜｜｜——

——｜｜——｜　｜｜——｜｜—　｜｜———｜｜　——｜｜｜——

七言仄起句式爲

｜｜——｜｜—　——｜｜｜——　——｜｜——｜　｜｜——｜｜—

｜——｜　——｜——｜—｜—｜—

由此可知律詩是二首絕句併合而成，僅首句與第五句稍有不同而已。仄起例：「時難年荒事業空，弟兄羈旅各西東；田園寥落干戈後，骨肉流離道路中。弔影分為千里雁，辭根散作九秋蓬，共看明月應垂淚，一夜鄉心五處同。」（白居易五兄兼示符離及下邽弟妹）首句亦有不押韻，例如：「舍南舍北皆春水，但見群鷗日日來。花徑不曾緣客掃，蓬門今始為君開。盤飧市遠無兼味，樽酒家貧只舊醅。肯與鄰翁相對飲，隔籬呼取盡餘杯。」（杜甫客至）至於五律句式大致相同，亦係兩絕句合成，只字數較少，不再贅述。另有一種排律，是於律詩第五、六句後，再加若干聯，每句必相對偶，只末尾兩句不對，一韻到底。

律詩章法，大致分起、承、轉、合。第一、二句為起，三、四二句為承。五、六句轉，七、八句合。

至於聲韻和現代國音不盡相同，分平、上、去、入四聲。上、去、入又統稱仄聲，故詩分平、仄兩聲。例如：「風、諷、鳳、伏」、「東、董、洞、督」風、東是平聲。諷、鳳、伏、董、洞、督是仄聲。要分平仄，若一一去調聲音，非常麻煩；但只須多讀古人詩句，日久自能明白分辨。

吾人若學習作詩，除了解上述章法及聲韻之外，仍須注意下列各點：

一、命意：任何文章，均以立意爲主，文詞在其次。含意深，境界高，文詞縱然平易，也是佳作。若只在文詞上下功夫，而立意不佳，仍屬徒勞。

二、造語：杜甫詩「語不驚人死不休。」「筆落驚風雨，詩成泣鬼神」即是要避免平庸、俗套。當然亦不可太雕琢，露斧鑿之痕。

三、下字：下字要推敲。每用一字要妥貼，要警鍊，聲音要響。五言詩以第三字爲詩眼，七言以第五字爲詩眼，鍊字大都在眼上鍊。例如「紅顏棄軒冕，白首臥松雲。」（李白贈孟浩然）棄、臥是詩眼。亦有不在眼上鍊，例如「星垂平野闊，月湧大江流。」（杜甫旅夜書懷）垂、湧均是第二字。由此可知鍊字著重在動詞。當然亦有鍊其他詞者，例如「商女不知亡國恨，隔江猶唱後庭花。」（杜牧泊秦淮）猶字是副詞。

四、對聯：律詩中間四句講求對仗工整，著重在詞性相對。例如「吳宮花草埋幽徑，晉代衣冠成古丘。」（李白登金陵鳳凰臺）「吳宮」、「晉代」均是名詞作形容詞用。「花草」、「衣冠」是名詞對名詞。「埋」、「成」是動詞相對。「幽」、「古」均是形容詞。「徑」、「丘」都是名詞。

至於日常所見對聯，例如「養天地正氣，法古今完人。」此類不可用作詩句，因係用動詞一字領起，不合詩調。

一、五絕

送別

王維

山中相送罷，日暮掩柴扉。春草明年綠，王孫歸不歸！

注釋：相：代名詞，指所送之人。柴扉：即柴門。山中柴扉乃隱者居所。王孫：古代男子之美稱。

論析：山中送行已罷，並未即返，直至日暮方掩柴扉。如此似覺離緒縈懷，且斷天涯。其實，首句「罷」字已將一切餞別、折柳等送行俗套，輕輕掃淨。其自傷不遇之心情，由三、四句和盤托出。蓋歸或不歸，煞費心神。若效行者出山而去，則苦無人相招；若仍淹留山中，則春去秋來，明年春草又綠，勢必終老於此，殊負夙昔懷抱。輾轉尋思，此所以癡立山前，不覺日之暮也。春草句出劉安〈招隱士〉篇：「……王孫遊兮不歸，芳草生兮萋萋。……王孫兮歸來，山中兮不可以久留。」本詩首句提出「山中」二字，便含此意。末句以王孫自況，一氣直貫到底。

竹里館

王維

獨坐幽篁裏，彈琴復長嘯。深林人不知，明月來相照。

注釋：篁：竹叢也。長嘯：蹙口成聲曰嘯。長嘯乃高聲大嘯。

論析：作者何時起獨坐於幽篁之內，並未敘述。只說操琴獨奏，彈後長嘯，嘯後又彈，彈後又嘯。既無同伴，亦無人知曉。直至明月當空，清輝射入林中，而猶不言歸寢。如此情況，固屬高人雅致；然高山流水，知音何在？明月雖來相照，亦只是所謂「對影成三人」而已，安得不引吭長嘯，以抒心中之抑鬱哉！右丞詩，寫山居常用「獨」、「空」、「不見人」、「人不知」等詞語，令人覺雅逸中，時露淒涼孤寂之感。

鹿柴

王維

空山不見人，但聞人語響。返景入深林，復照青苔上。

注釋：但：徒也。空也。返景：日光返照。復：還也。亦也。

論析：起句既言空山，則不見人，自屬意中之事；但有時却聽得有人講話之聲音。蓋山路曲折迴旋，林又深密，故雖聞人語而不見其人。後二句重在「返景」二字，蓋既是深林，必枝葉茂密，日光在上，何能穿入？不意至紅日西斜，餘暉不但射入林中，亦復照映於青苔之上矣。

此詩就字面而言，乃描寫城市中人不易體會之山居兩種景象：一是只聞人語而不見其人。二是陰暗之深林中，由於日光返照，却大放光明。若就含意言之，亦似有二：一得聞人語，如空谷足音，奈何不見人來，不免悵然若失。二是深林之中，枝葉茂密，地上青苔，日光何能照映？正如隱居深山，何來枉顧之人？不意返景入林，却因斜射，使青苔亦能沐浴餘暉，正如人世多變，雖窮居僻壤，亦有際遇之來，只恐「夕陽無限好，只是近黃昏」而已。

送崔九

裴迪

歸山深淺去，須盡丘壑美。莫學武陵人，暫遊桃源裏。

注釋：丘壑：丘，土阜也。四方高，中央下曰丘。壑，谷也。山之低凹處。丘壑謂隱者棲息之所。武陵人：指桃花源記中捕魚爲業之武陵人。桃源：即桃花源。晉陶潛曾作〈桃花源記〉，爲一理想之樂土。

論析：此送友人歸隱之詩。先至勛勉之意。言既摒除名利，歸隱山中，自屬高人雅士之行；但山中境界，深淺不同。一丘一壑，必須仔細觀賞，方能領略造化之神妙。蓋深處固可發現別有洞天福地，如入仙境，而淺處亦有其幽美奇特之處；若不能深淺俱遊，則難以盡賞丘壑之美矣。

後二句是警戒語，亦似諷世之，以終南爲登仕途之捷徑者。言既下定決心，歸隱山中，便須與青松白雲爲伴，漁夫樵叟爲友，樂於平淡清靜之生活。切不可一時好奇衝動，時間一久，便不甘寂寞，復萌世俗之念；一如桃花源記中之武陵漁人，爲貪賞桃花美景，忽入桃源，只暫留數日，而塵心未盡，便想還家，不能長居此理想之樂土，爲可惜也。

詠史

高適

尚有綈袍贈，應憐范叔寒。不知天下士，猶作布衣看。

注釋：綈袍：厚繒所製之長袍。應：是也，曾也。范叔：范雎，魏人，字叔。先事魏中大夫須賈，後亡之秦，說秦昭襄王以遠交近攻之第，得爲相，封應侯。寒：窮窘也。天下士：謂天下所共推爲才士也。此處作強秦之宰相解。布衣：謂庶人也。

論析：詠史乃詩之詠史事者。有專詠一人一事，有泛詠史事。此詩乃詠魏中大夫須賈與范雎之故事也。

史載：范雎隨須賈使齊，齊王聞雎辯口，使人賜雎十斤。須賈知之，以爲雎將魏陰事告齊。歸譖於魏相，笞辱之。睢佯死，更姓名曰「張祿」。亡之秦。後仕秦為相，適須賈使秦，睢微行見之。須賈曰：「范叔一寒如此哉！」取綈袍贈之。及至相府，須賈始知見賣，乃肉袒謝罪。范睢曰：「公罪有三，今得不死者，以綈袍戀戀，有故人之意。」乃釋之。此詩即就此事，對須賈加以褒貶。

前兩句言須賈雖對范睢不義，然及見范叔貧困，慨以綈袍相贈，尚有故人之情，憐貧之意，卒使范叔不忍殺之以洩前恨。此一念之仁，尚覺可取耳。

後二句言范睢貴為秦相，微服相見；須賈當面竟未識破，猶將其作庶人看待，贈以綈袍，何其昏瞶愚昧之至於此也。此二句雖明貶低須賈，實亦為天下寒士一吐胸中抑鬱不平之氣，且使彼狗眼看人者稍知羞愧也。

登鸛雀樓

王之渙

白日依山盡，黃河入海流。欲窮千里目，更上一層樓。

注釋：鸛雀樓：古樓名，在今山西永濟縣城上。《夢溪筆談》：「河中府鸛雀樓三層，前瞻中條，下瞰大河，唐人留詩者甚多。」依：傍也。盡：逐漸沉沒之意。入海流：謂向海流去。窮：盡也。

論析：此登樓遠眺即景之作。先寫樓前所見。言時近薄暮，仰視遠方，白日銜山而逐漸隱沒。俯瞰樓前黃河之水，滾滾東流而入於海。首句言白日者，因山勢甚高，不能見紅日西沉故也。次句「入海流」，非親見黃河流入海中，乃指其氣勢，流向而已。

此樓共有三層。作者所登，蓋係第二層，乃為山所蔽，樹所遮，所見尚不甚廣。如欲擴大視野，將千里外之景物，盡收眼底，便須再上第三層，憑高而望，則群山萬壑，千里長河，歷歷在目矣。此乃詩人想像中之境界，不可依實情而論；蓋一層樓之高度，多不過數丈之間耳，安能獲得如此效果。

此詩前二句「白日、黄河」均以動態呈現，不但造語整麗，筆勢雄渾，似亦暗示萬物變動不居，吾人亦須隨時充實自己。後二句殆係作者藉登樓以喻人之造詣，立足愈高，眼界愈闊，亦即論語所謂「登東山而小魯，登泰山而小天下」之意也。

敬亭獨坐　李白

眾鳥高飛盡，孤雲獨去閒。相看兩不厭，只有敬亭山。

注釋：敬亭山：在安徽省宣城縣北。閒：悠閒。從容安舒之意。

論析：此詩重點在一「厭」字。前半言作者獨自登山，坐於高處遠眺。既無友朋爲伴，山中亦無遊人往來；只有林鳥飛鳴，白雲飄浮而已。於此寧靜清幽之境，最合詩人趣味。其心靈自易與造化冥合，不覺其盤桓之久。及至意識回到當前景色，方知眾鳥業已飛盡。鳥本合群，一起飛走，尚不足怪；奈何一片孤雲，方自山谷升起，大可流連林泉之間，與詩人爲伴；孰料亦悠閒遠去。句中「高」字與「獨」字，乃作者強調之處。言眾鳥若在峯谷間飛翔，正可爲山景增色。下一「高」，便逸出視線之外。至於孤雲，若有伴同去，尚可理解，奈何獨自飄走。作者雖未寫出「厭」字，而字裏行間，已將鳥、雲對人之無情表達出來。如此情景，不禁令人生寂寞孤獨之感，且對鳥、雲之不顧而去，亦生厭惡，幾成兩相厭矣。

後半寫「不厭」。鳥飛雲浮，俱屬動態。動則時有變化。山則不然，亙古以來，嵯峨雄偉，屹立不移。若偉人之岸然、獨立於塵囂之外，不因外界因素而有所改變。所謂「仁者靜」，「仁者樂山」，山大有仁者之風，藹然可親，且與人以極大之啓示，心靈因而淨化、昇華。看山愈久，內心愈覺充實，於是作者終於了悟，相看兩不厭者，只有敬亭山矣。

八陣圖

杜甫

功蓋三分國，名成八陣圖。江流石不轉，遺恨失吞吳。

注釋：三分國：魏蜀吳三分天下。八陣圖：漢諸葛亮推演兵法，作八陣圖。一天、二地、三風、四雲、五飛龍、六翔鳥、七虎翼、八蛇蟠。《寰宇記》：「夔州奉節縣，本漢魚腹縣。八陣圖在縣西南七里，聚細石爲之。各高五尺、廣十圍、凡六十四聚。」失吞吳：不親吳而吞吳、反爲吳所敗，爲蜀之一大失策。

論析：上二句以對仗寫出，爲絕句中常見之體。

建功立業、名垂後世，乃人生最榮耀之事。有志之士，莫不夢寐以求。作者推崇武侯，便從功、名兩層下筆。首句寫「立功」。言武侯兩朝開濟，功業彪炳。下一「蓋」字，便將當時魏之郭嘉、荀彧、張遼、夏侯淵，吳之周瑜、陸遜、魯肅、黃蓋，蜀之龐統、法正，關羽、趙雲等文臣武將，一齊壓倒，可謂推崇備至。

次句寫「立名」。言武侯創設八陣圖於魚腹浦平沙之上，以制東吳。其陣圖變化之妙，後世嘆爲奇才。愚意此句雖致讚美，實寓憾意。蓋功之與名，如影隨形，焉有「功蓋三分國」尚不成名者乎？其所以謂「名成八陣圖」者，殆以陣圖對武侯而言，僅止於成名而已，未能發揮作用而深惜之也。

三句言江水奔流而下，乃至十圍巨木，百丈枯槎，縱橫皆失其故，而八陣圖仍屹立不動、足見陣圖之奇妙無倫。

末句深致慨嘆。言劉備不聽「北拒曹魏、東和孫權」之戰略，而逞一擊之忿，致爲陸遜大破於猇亭。武侯佈此陣圖，以制東吳寇蜀之路。至今時隔數百載，而武侯小石之堆，標聚行列，依然如故，殆天欲留此陣圖，以記吞吳失計之恨，而爲後世不聽忠言者之鑑戒也與。

有謂「遺恨」乃武侯失於諫止之恨，亦有謂以武侯之才，竟未能吞吳之恨，均與題目欠脗合、故從浦起龍讀杜心解之說如上。

江雪

柳宗元

千山鳥飛絕，萬徑人蹤滅。孤舟蓑笠翁，獨釣寒江雪。

注釋：徑：步行之小路。人蹤：人之足跡也。蓑笠：雨具也。即蓑衣笠帽。

論析：題爲「江雪」，却先從高處鳥瞰江之四周寫起。夫重嶺疊嶂之上，鳥自成群，飛翔鳴叫。山中小徑之間，牧童樵叟，出沒其中。此本大自然之尋常景色，却於句末各下一「絕」字、「滅」字，便將一切動態、生機掃去，而歸於死寂。而「絕」與「滅」又不相同。「絕」是無有之意，「滅」是人迹猶在，乃爲雪掩蓋而已。此二句均有雪字暗藏其中。

後路方將題點出。言江上有一扁舟，舟上有一穿蓑戴笠之老翁，不畏風雪，抛下絲綸，獨釣於寒江之上。此詩純用對比法。「千山」、「萬徑」，極言其多。「孤舟」、「獨釣」，極言其少。「鳥飛絕」、「人蹤滅」，極言其寂靜，而江水仍不停東流，孤舟老翁仍不改其常度，於雪江獨釣。雖僅短短二十字，已將作者內心之執著，及特立獨行之風骨，表露無遺。

何滿子

張祜

故國三千里，深宮二十年。一聲何滿子，雙淚落君前。

注釋：張祜：字承吉，唐清河人。以宮詞得名。嘗客淮南，愛丹陽曲阿地，築室隱居。何滿子：詞曲名。本唐開元中滄州歌者，臨刑進此曲以贖死，竟不得免。見白樂天詩自注。又元稹〈何滿子歌〉：「梨園弟子奏玄宗，一唱承恩羈網緩。」之句，與白詩注微有不同。故國：猶故鄉也。

論析：一、二句分時、空兩方面寫身世淒涼。言自被選入宮，故鄉已在三千里外，道阻且長，與家人生離即同死別。入宮之後，迄未承恩，而深宮似海，孤寂淒涼，花樣年華，等閒度過，如此煎熬已二十年整。雖尚未如白居易詩所云：「惟向深宮望明月，東西四五百回圓。」之白頭宮女，亦難抑美人遲暮之悲。

三、四句就歌聲發抒一腔幽怨，如懸泉瀑布，直瀉而下。言一唱何滿子歌曲，不禁兩行清淚，落向君前。所謂「一聲」，言不必唱至終曲，只要唱出一句，即勾起身世之感，無法抑制雙淚交流。至於何以一唱何滿子即如此激動、感傷？蓋以遠離故國之弱女子，長居深宮，孤寂無告；正如何滿子之嬰刑繫在囹圄。其冀求解免之心情，與何相似。同病相憐，故一歌此曲而淚下矣。

此詩只就事實平平敘述，而「三千里」、「二十年」、「一聲」、「雙淚」，純用數字爲句，自然成對，毫無雕琢之痕，確是妙筆。

二、七絕

閨怨

王昌齡

閨中少婦不知愁，春日凝粧上翠樓；忽見陌頭楊柳色，悔教夫婿覓封侯。

注釋：凝粧：謂盛妝。翠樓：即青樓。古顯貴之家，樓上施以青漆，謂之青樓。後世乃專爲妓館之稱。陌頭：猶言路邊，道旁。

論析：此詩起承轉合，至爲顯明，爲七言絕句作法中之一種。題爲「閨怨」，却從「不知愁」作起，此爲高出題面一層寫法。開頭便強調「少婦」二字，蓋因年輕婦女，天真活潑；且長於深閨，對生活種種，體認不多，不知憂愁爲何事。次句承之。正因「不知愁」，故於陽春佳日，便著意修飾，穿戴整齊，上翠樓遊賞。

三句一轉，四句合到本題。言正在心曠神怡之際，忽見陌頭楊柳，已一片青綠；春色惱人，陡覺深閨獨處，孤寂無聊，辜負此大好春光，不禁悔教夫婿爲覓封侯而遠赴他鄉矣。

此詩將少婦之嬌憨，刻畫入微。一似不見陌頭柳色便不以夫婿之遠在他鄉爲憾者，此其所謂少婦也。

出塞　王昌齡

秦時明月漢時關，萬里長征人未還。但使龍城飛將在，不教胡馬渡陰山。

注釋：但使：假使。龍城：匈奴諸長大會祭天之處。崔浩曰：「西方胡皆事龍神、故名大會處曰龍城。」飛將：《史記・李廣傳》：「廣居右北平，匈奴聞之，號曰漢之飛將軍。」不教：不會讓之意。

論析：本首屬樂府詩。首句「秦時明月」中有「漢」，「漢時關」中有「秦」，是互體。次句以當今軍情承之。意謂秦漢之時，每於秋高馬肥、月明之日，出塞殺敵，奏凱而還；平時則設關戍守，以保境安民。而今，月明如昔，關塞依然，不能制敵靖邊，而動輒遠征；使三軍將士，轉戰於萬里之外，久未回還。勞民傷財，莫此爲甚。

三、四句一轉一合，用反逼筆法，以諷刺當時。言假使國有將才，如漢飛將軍李廣者，於漠北龍城等地，坐鎭防守；便不致讓胡人騎兵越過陰山，侵擾邊境，將士亦可不必長久轉戰於塞外矣。

下江陵　李白

朝辭白帝彩雲間，千里江陵一日還。兩岸猿聲啼不住，輕舟已過萬重山。

注釋：江陵：即今湖北江陵縣。白帝：城名。在今四川奉節縣東，昭烈帝改名永安。猿聲：三峽多猿，鳴聲淒清。漁者歌曰：「巴東三峽巫峽長，猿鳴三聲淚沾裳。」

論析：此詩係作者自白帝城經三峽還江陵時作。三峽在川楚間大江中。西曰瞿唐峽，中曰巫峽，東曰西陵峽。全長約七百里，兩岸連山，絕無斷處。灘多水急，舟行甚險。過西陵峽，江水始漫爲平流。

前二句寫舟行三峽中之快速。言清晨，辭別彩雲間之白帝城，薄暮即抵達千里外之江陵。句中「彩雲間」狀白帝城之高峻。江水自高處直瀉而下，甚怒激之勢，驚心動魄。「千里」說明路程之遠。「一日還」言舟行快速，費時甚少也。

後二句承上「流急」「舟速」之意，以行者所見所聞，具體加以描繪，言人在舟中，如神仙一般騰雲駕霧，從彩雲間飛向人寰。兩岸重巒疊嶂，目不暇給，只覺一片片碧綠從眼前掠過。耳中只聽連續不斷之猿啼。在此高速之航行中，神經極度緊張之情形下，猿聲猶在耳際繚繞，而一葉輕舟已度過萬重山嶺，航達平緩江面之上矣。

相傳李白流放夜郎，途經白帝城時，忽蒙赦免；遂又買舟東下，一日而返江陵。其驚喜之心情，由「輕舟已過萬重山」句，可以知之矣。

江南逢李龜年　杜甫

岐王宅裏尋常見，崔九堂前幾度聞。正是江南好風景，落花時節又逢君。

注釋：江南：長江之南也。唐置江南道，領蘇、杭、越、建、鄂、岳、江、潭、袁、黔、邵、播、夷等四十二州之地。李龜年：唐玄宗時樂工，特承恩遇，於東都道通里大起宅第，後流落江南。雲溪友議：「李龜年奔泊江、潭，杜甫以詩贈之。曾於湘中採訪使筵上，唱「紅豆生南國」，又「清風明月苦相思」，合座慘然。」岐王：唐玄宗弟，名範。雅愛文學之士。崔九：即崔滌，中書令崔湜之弟。滌素與玄宗款密，用爲秘書監，出入禁中。正：即此之意。幾度：猶言幾次。

論析：此詩乃作者奔泊江、潭間，逢樂工李龜年時之作，並以爲贈。詩中寓今昔盛衰之感，傷龜年正以自傷也。

首二句追懷往事。言昔日龜年在京師演唱，爲王公大人所激賞。而己身當時亦裘馬輕肥，曳裾顯貴之門。於岐王宅裏，崔九堂前，與龜年時常見面，時常聆聽其歌曲。「尋常見」與「幾度聞」是互文，尋常與幾度意同，見時即聞其歌聲，聞時即見其面也。

三、四轉到目前。言此處在江南堪稱風景優美之地，值此百花謝落之暮春時節，又與龜年相遇，重聆仙樂般之歌曲，不禁黯然欲絕，辜負此大好風景矣。「落花時節」喻二人同流落他鄉之時。「又」字不僅回應上文，而一時淪落之悲，盛衰之感，從字裏亦流露出來。

贈花卿　杜甫

錦城絲管日紛紛，半入江風半入雲。此曲祇應天上有，人間能得幾回聞？

注釋：花卿：即花驚定。唐上元二年四月，梓州刺史段子璋反。五月，西川牙將花驚定攻拔緜州，斬子璋，恃功大掠。杜甫另有「戲作花卿歌」可證。錦城：在今四川成都縣南。按成都舊有大城、少城。少城在大城西，即錦官城。亦簡稱錦城。絲管：音樂之總稱。絲謂琴瑟，管謂簫管。紛紛：盛多貌。

論析：此詩乃諷花驚定恃功而驕，生活荒淫也。楊慎曰：「花卿在蜀，頗用天子禮樂，子美諷之，意在言外，最得詩人之旨。」浦起龍曰：「僭禮樂事無攷，但其人驕恣，必多非分之奢淫耳。」或以爲贈歌妓詩，恐非。起筆就花卿所居之錦城寫起。言錦城之中。每日紛紛盈耳者，爲管絃絲竹之聲。而此絲管之演奏，並非與民同樂；乃花卿在所居之山中別墅，或江畔庭園之內獨自享受。次句即承此意。言歌曲之聲，半爲江風所吹散，半入雲霄之上，非一般庶民所能分享也。

三、四以贊嘆語出之，實寓貶斥之意。言此種歌曲只應在天上官闕內演奏，只應爲天上神仙所享受，世間凡人豈能有此福分而得幾回聆聽哉！作者舉絲管一端，以見花卿生活奢淫之至於如此，實非人臣之所應爲也。

夜上受降城聞笛

李益

回樂峯前沙似雪，受降城外月如霜。不知何處吹蘆管，一夜征人盡望鄉。

注釋：受降城：漢武帝遣公孫敖築受降城於今綏遠烏拉特旗北。唐受降城有三：中城在朔州，西城在靈州，東城在勝州。詩中之受降城，殆即靈州之西城。回樂峯：山名。《舊唐書・地理志》云在靈州。按靈州即今寧夏靈武縣。蘆管：胡樂器。截蘆爲之。通考謂與觱篥相類。觱篥，蘆管，三孔，金口下哆（喇叭嘴）管端有簧吹之，全長七寸。望鄉：思念家鄉。

論析：按回樂峯在靈州。其得名之由來，殆係古來征戰，不知多少人寄身鋒刃，骨暴沙礫；能得勝班師，生見此峯，寧不欣喜若狂？受降城乃接受敵人投降之所。遙想昔日胡虜敗北，面縛城下請降之情狀，何等威武榮耀，充滿勝利之喜悅。作者就地取材，以峯、城並舉。不意下面却接「前」、「外」二字，情形便迥然不同。峯前、城外，均係沙漠苦寒之地，將士出征已久，師老無功，際此月明如霜，沙礫似雪之夜，撫今思昔，不勝感慨係之矣。

後路以一聲蘆管開起下文。言於此悲壯凄涼之月夜，一切寂靜空虛，如夢如幻，如入鬼域。此時忽有一聲蘆管幽幽響起，打破死寂，使人清醒過來。「不知何處」四字，含糊得妙。蓋戰士一腔思鄉之情，久鬱心中；戰時浴血搏鬥，有敵無我，無暇思及；經此蘆管一吹，心中所有血淚、哀怨、悲苦一一勾起，如怒濤排壑，傾洩而出，自不必追究是何人所吹，何處吹來也。

末句下一「一」字、「盡」字，乃言人同此心，心同此理，人非木石，能不思念家鄉、親人，而一夜難眠哉！

聞樂天授江州司馬

元稹

殘燈無焰影憧憧，此夕聞君謫九江。垂死病中驚坐起，暗風吹雨入寒窗。

注釋：樂天：白居易字。元、白詩風相近，二人往來唱和，交情深厚。江州司馬：江州，今九江縣。司馬，官名，爲州刺史屬官，無實權之閒職。焰：光也。俗謂之火苗。憧憧：搖曳貌。謫：貶也。垂死：將死也。

論析：以寫景入手。因作者臥病在床，已至垂危，故取景以室內爲主。又爲配合內心之情感，乃於室內各物中，獨取「殘燈」，且燈又無焰。室中被一片陰影所籠罩，象徵生命即將結束，此時作者內心之悲傷、肉體之痛苦、自不待言。

次句以敘事承之。言於此悲悽痛苦之夜，突聞好友因上書言事，觸忤執政者，被冠以莫須有罪名，貶爲江州司馬。

三句既承且轉。言垂死之我，聞此消息，不禁從床上驚坐起來。如此造語，雖較質樸，却更見真情流露。蓋一般而言，人於垂死之際，已痛苦萬分，萬念俱灰；別人憂樂，自無暇顧及，所謂「泥菩薩過河，自身難保。」豈尚顧及朋友官秩升降哉?作者乃忘却自身痛苦，而驚坐起來，似心中只有樂天安危爲念，毫未想到自己。朋友相交，至如此地步，真可情共生死矣。

末句不寫坐起以後如何，却擲筆窗外，言晚來風急，挾帶冷雨吹入窗內。如此筆法，不但感情含蓄，意味亦更深長。似有凝視窗外，風雨交加，天黑如漆；而聯想到官場宦海，亦如此充滿黑暗，險惡，致使我好友遭此不幸也。

此詩首句寫景，末句又再寫景，爲絕句中不多見之章法。其所以不嫌重複者，蓋因前寫室內，後寫窗外，自有不同。而以二、三兩句，直率陳述，意嫌淺露，以寫景作結，則較含蓄，耐人尋味。

白居易〈與微之書〉有云：「此語他人尚不可聞，況僕哉！」便是指此詩而言，可謂深體好友深情。

嫦娥

李商隱

雲母屏風燭影深，長河漸落曉星沉。嫦娥應悔偷靈藥，碧海青天夜夜心。

注釋：雲母：花岡岩中之主要成分。色白有珠光者爲白雲母，薄者可代玻璃，可作屏風。深：長也。長河：天河也。嫦娥：仙人名。相傳后羿請不死藥於西王母，嫦娥竊之而奔月。碧海：《十洲記》：「東有碧海，與東海等；水不鹹苦，正作碧色。」

論析：屏風以雲母製成，乃富貴人家之物。此狀洞房之華麗。「燭影深」謂紅燭高燒，燭影方長，約二三更天也。次句言天已將明，銀河曉星逐漸隱沒。合言之，乃寫人世香閨之中，際此月夜，於雲母屏後，兩情繾綣。惟良宵苦短，不覺已長河漸落，曉星漸沉。從旖旎風光中，似微有「辜負香衾事早朝」之憾；然與嫦娥相較，乃高出甚多。蓋嫦娥雖得飛昇，爲人所羨慕；然廣寒歲月，寂寞淒涼，俯視碧海，仰望青天，其心情恐有非凡人所能體會者。所謂「念天地之悠悠，獨愴然而涕下！」如此無所期待，夜夜煎熬，恐將悔偷靈藥，以飛昇此無情境界矣。

此詩用對比法，似喻人生中好高騖遠所努力以追求者，其結果往往不盡如意，反不如平凡踏實之人爲得所也。

夜雨寄北　　李商隱

君問歸期未有期，巴山夜雨漲秋池。何當共剪西窗燭，却話巴山夜雨時！

注釋：何當：何日也。却：回溯也。

論析：以歸期相問，自是好友來信中切要之語。行者若有歸期，尚可告慰故人，奈何却毫無把握，又不忍欺矇，只好以「未有期」作答。僅此一句，已道盡羈旅天涯之苦況。如今身在巴山，時值秋夜，窗外正滂沱大雨，池爲之漲，對景懷人，更覺淒然。爲自我寬解，並慰故人，於是想到「未有期」亦非永無相見之期。若他日再重相聚，剪燭西窗，將今夜相思之情況，當面傾吐，豈不成一大快事，只不知何年何月實現耳！

此詩首問歸期，末卜後會，其中以「巴山夜雨」將今，後連成一片，不見重複，反覺情意深長。

隴西行

陳陶

誓掃匈奴不顧身，五千貂錦喪胡塵。可憐無定河邊骨，猶是春閨夢裏人。

注釋：隴西：郡名，在甘肅隴山之西。行：歌、曲之總名。衍其事而歌之曰行。唐人詩題或名歌，或名行，或兼名歌行。陳陶：唐劍浦人。隱居洪州西山，工詩，兼通釋老，善天文曆象。貂錦：貂裘所製之錦袍。無定河：出陝西榆林縣邊外，鄂爾多斯右翼前旗，經榆林、米脂、清澗入黃河，以潰沙急流，深淺無定，故名。

論析：起筆豪氣干雲，足以振衰立儒。言三軍將士下定決心，不顧自身危險，遠赴塞外，掃滅匈奴。

次句陡然一落。言五千身著貂錦之將校，全部在胡地戰場上，喪失寶貴生命。五千、言其死亡之多，將校如此，士兵之傷亡，當以萬計矣。

三句用「可憐」二字一轉。言橫陳無定河邊之屍骨，是彼等深閨妻子夢中時常夢見之人。句中加一「猶」字，不但屍陳荒漠之將士可憐，而更可憐者，乃閨中嬌妻渾然不知，猶日夜盼望早日凱旋。此二句與弔古戰場文：「誰無夫婦，如賓如友。生也何恩，殺之何咎。其存其歿，家莫聞知。」同樣悲淒。足爲窮兵黷武者鑑也。

此詩前二句大起大落，令人驚心動魄。三、四寫深閨夢裏，淒切婉轉，一字一淚。其中「猶」字，宜亢聲吟之。

三、五律

送杜少府之任蜀川

王勃

城闕輔三秦，風煙望五津。與君離別意，同是宦遊人。海內存知己，天涯若比鄰。無為在歧路，兒女共沾巾。

注釋：少府：官名，即縣尉。蜀川：即四川。輔：地之近於京畿者曰輔。此作動詞，有拱衛、屏障之意。三秦：項羽滅秦後，分其地爲三。封雍王、塞王、翟王，號三秦。在今陝西中部。風煙：猶風塵。五津：《華陽國志》：「大江自湔堰下至犍爲、有五津。始曰白華、二曰萬里、三曰江首、四曰涉頭、五曰江南。」在今四川灌縣至犍爲之岷江中。宦遊：謂出仕於外。存：猶存問，遣使往候之意。亦可作「有」字解。比鄰：即近鄰。無爲：不必，不須。歧路：分叉路口。

論析：首敘行者所往之地。言蜀川在南，其城闕能拱衛三秦，是關中之屏障。但放眼望去，風塵迷漫，五津是如此遠阻。而今，少府即將起程前往，心中自充滿失意、淒涼之感。

三、四句以自己之感受承之。言與君在此話別，內心感受，大致相同。因我等皆是離鄉背井出仕於外之人。其實，宦海中稱心得意者，本屬少數，亦只有隨遇而安，自求多福而已。

五、六句一轉，以友誼互慰。言人之相知，貴相知心。果屬知己，雖各自東西，仍同在四海之內；只要堅守情誼，時相存問，心靈可超越時、空，雖遠在天涯，亦可與比鄰而居相似也。

七、八句以不必傷感作結。言人世本聚散無常，友情卻可長久保有，不必效兒女之態，於臨歧道別之時，一同灑淚而沾濕衣巾也。

此詩前六句不言傷別，直至結尾仍屬勸勉之詞，而傷別之情，更深更切，蓋以「是宦遊人」上加一「同」字，「兒女沾巾」中插一「共」字故也。

發端二句對仗工整，頷聯反不講究，唐人五律中，尚不多見。

終南別業

王維

中歲頗好道，晚家南山陲。興來每獨往，勝事空自知。
行到水窮處，坐看雲起時。偶然值林叟，談笑無還期。

注釋：終南：山名，即南山。又名中南、秦嶺。主峯在長安縣南。別業：即別墅。王維別業在輞川，即終南山旁。中歲：中年。好道：維中年以後，長齋奉佛，不衣文采。陲：邊也。旁也。勝事：美好之事。值：遇也。

論析：「好道」二字爲一篇之骨幹。發端用直敘法，述家南山陲之緣由。言中年以後，頗好佛理，喜與大自然接觸；故晚年於南山之旁，建一別墅，以爲遊憩之所。

三、四句承次句。言興趣來時，即獨自前往別墅小住，放懷於山水之間。可惜缺乏同好，遇有美好之事，也只有獨自去領略、體會。蓋修道之人，應無自私之心。有美好景物，固盼與他人一同遊玩；對所研之佛理，有所領悟，亦頗欲他人同沾法雨，共證菩提。若止於「空自知」則殊以爲憾也。

頸聯將自知之勝事，提出說明。就遊樂而言，是緣溪而行，行到水之源頭，便坐下休息，觀賞雲從山谷中升起。一切隨意而行，逍遙自在。就禪理而言，則非精研佛法者不能道其隻字。蓋水之源頭，乃喻人之本來面目。不知本源，則難入涅槃境界。故行必行至水之窮處。坐看雲起，亦同此理。蓋「雲無心以出岫。」正如人之生於斯世，非出於自願，亦非由自己選擇。何因而生，殊難參透；故行、坐時所得妙理，宜與同好共參，不可空自知也。

七、八以遇林叟作結。「林叟」一本作「鄰叟」，其意大不相同。若為鄰叟，則為素所熟識，山中相遇，談笑雖屬必有，尚不至於忘却「還期」。林叟則不然。或有慕道之士遯跡山林，對佛理有所研究。右丞與之交談，大有交集之處，殊屬難得，自不覺時之早晚而忘却還期矣。

此詩開頭即明言「好道」，文意自與佛理有關。而讀者往往以右丞為田園詩人，只知欣賞其清逸恬澹，妙合自然；不知其深含禪機。試問水窮之處，豈若一流清淺之美；雲生遠岫之時，豈若瀰漫峯谷林木間之雲海奇觀，由此則知「勝事」之本意矣。

漢江臨眺

王維

楚塞三湘接，荊門九派通。江流天地外，山色有無中。郡邑浮前浦，波瀾動遠空。襄陽好風日，留醉與山翁。

注釋：楚塞：楚之邊境。三湘：湘潭、湘鄉、湘陰合稱三湘。荊門：縣名，唐置，在襄陽南。又山名，在宜都縣西北，長江南岸，爲楚西塞。派：水分流也。浦：濱也。風日：猶言風景。留：阻其去曰留。與：共也。爲也。

論析：此登山臨眺漢江時作。先寫漢江流域之形勝。言楚地遼闊，南邊與三湘接壤。荊門附近，河道縱橫，有九條水路相通。堪稱腹地廣大，水運發達之區。中兩聯寫登臨所見之山川景色。言漢江滾滾東南而流，杳無邊際，好似流向大地之外。四周群山起伏，或層巒聳翠，高入雲霄；或遠橫天際，淡若無痕。

次寫城邑。言鄰近郡縣均爲水所圍繞，彷彿飄浮於前方水濱。江中波瀾壯闊，似將遠方天空搖動起來。前「江流……」兩句與李白「山隨平野盡，江入大荒流」，後「郡邑……」兩句與孟浩然「氣蒸雲夢澤，波撼岳陽城」境界、氣勢難分軒輊，均爲描山摹水極上乘之作。

漢水流域，長逾千里，七、八點明襄陽爲臨眺之處，並以「好風日」三字，總結臨眺所見山川景色之美。末句以流連忘返作結，言對此大好風景，豈可匆匆而去，我將稍事盤桓，與山中隱者共圖一醉也。

留別王維　孟浩然

寂寂竟何待，朝朝空自歸。欲尋芳草去，惜與故人違。
當路誰相假？知音世所稀。祇應守寂寞，還掩故園扉。

注釋：寂寂：靜貌。竟：助詞，究竟之意。故人：俗言老友，此指王維。違：分別。當路：謂當朝有權勢之人。相假：相，代名詞，代「我」。假，借也。相假，即提拔我之意。知音：謂精於音律者，後亦以爲知己之稱。

論析：此乃留別之詩，故通首不須寫景，祇直述自己欲別之原由。發端用開門見山法。言我本懷出仕之心，前往有關官署，靜候派遣，業已多時；不幸毫無消息，每日均空自歸寓。長此以往，究竟有何等待，自己也深感懷疑。此二句雖是淡淡敘事，却道出普天下待職候缺者之痛苦心聲，讀之令人酸鼻。

三、四承之。言既無所等待，於是便欲及早賦歸，還我閒雲野鶴之身，尋一芳草鮮美之處，自放其間。只可惜又與老友分別，以後難再歡聚，令我左右爲難。

五、六轉入不得不歸之故。言當朝有權力之人，並無真正求才之意，有誰肯加以提拔？使我有路直上青雲。不過，話說回來。知音識貨之人，於此世上，原本極爲稀少，又何能責怪於袞袞諸公。

末尾以決定歸隱作結。言仕路之難通，或許時運使然。與其勉強等待，空費時日，不如還歸故園，靜掩柴扉，只有守田園寂靜之生活，較爲適合也。

起筆連用「寂寂」、「朝朝」二疊字，音節清亮。頷聯側卸而下，自然工整，爲一篇之警策。

與諸子登峴山

孟浩然

人事有代謝，往來成古今。江山留勝跡，我輩復登臨。
水落魚梁淺，天寒夢澤深。羊公碑尚在，讀罷淚沾巾。

注釋：峴山：在今湖北襄陽縣南。晉羊祜鎭襄陽，有德政，常登此山。祜卒：後人立碑其地，見者悲感，因稱墮淚碑。代謝：言人事之前者去而後者來也。往來：言春往而夏來，夏往而秋來，四時之往復也。勝跡：有名之古蹟。復：再也。魚梁：謂堰水爲關孔以捕魚之處。夢澤：即雲夢澤。在湖北安陸縣南。本二澤，雲在江北，夢在江南，後並稱之曰雲夢。巾：即今之手帕。

論析：以議論發端。言天地爲萬物之逆旅，人事之前去後來，接踵代替，乃勢所必然。光陰爲百代之過客，隨四時之往復，而成古今不同之時代。一切無常無住，毫不由人。

三、四承入本題。言古人在江山之間，留下名勝古蹟，我輩後人便登臨其上，遊覽憑弔，發思古之幽情。第三句文意似實而虛。蓋江山是泛指一切山水，勝跡也是泛指古蹟，登臨其上者，古往今來也不知有多少人物。直至第四句，方暗扣峴山，敘今日我輩登臨之事。句中插一「復」字，不但回應「代謝」、「往來」之意，更覺後之視今，亦猶今之視昔，不禁感慨系之矣。

五、六寫登臨所見。言歲暮天寒，水落石出。近處之魚梁，已因水退而呈現淺涸，遠處夢澤之水，則依然甚深，一片汪洋。

落句以回應「留勝跡」作結。言俯視魚梁，夢澤之後，縱目山頭，則發現紀念羊祜之碑，仍然完整存在，不勝欣喜。於是仔細閱讀碑文。當我讀完所述羊祜愛民之事蹟，不禁深受感動，而淚濕羅巾。

臨洞庭上張丞相　孟浩然

八月湖水平，涵虛混太清。氣蒸雲夢澤，波撼岳陽城。
欲濟無舟楫，端居恥聖明。坐觀垂釣者，徒有羨魚情。

注釋：洞庭：湖名。在湖南者境。太清：即天空。蒸：火氣上達也。雲夢澤：本爲二澤。雲在江北、夢在江南，後並稱曰雲夢。岳陽城：地名。臨洞庭湖。濟：渡也。端居：猶言平居。閒居。坐：適也。正也。徒：空也。羨魚：古云：「臨淵羨魚，不如退而結網。」

論析：此詩乃作者南游洞庭湖，有感而作。可分前後兩解。前解寫洞庭形勝，筆勢雄健。後解自傷不遇，希張丞相加以援手，語極含蓄。

發端即對題落筆。言時值八月，湖水漲平。湖面甚爲寬闊，包含廣大之虛空。遠處天水相連，波光雲影，混成一片。

三、四承上。言湖面水氣瀰漫於雲夢二澤之上，似澤水受熱而鬱勃上蒸。湖波蕩漾於岳陽城下，似將岳陽城搖動起來。此二句極寫湖面之廣大，與波瀾之壯闊，造語雄渾奇偉，爲千古所傳誦。

後解四句蟬聯而下。五句仍就湖下筆。言欲渡而苦無舟楫。暗喻自己本欲用世而無引進之人，意即希張丞相加以援手。六句明露本意。言逢此聖明在上，四海昇平之日，却閒居在野，隱而不仕，依《論語》：「邦有道，貧且賤焉，耻也。」之訓，實感羞恥。

末聯仍回湖上，以漁翁爲喻。言適見湖畔垂釣之人，滿載而歸，而自己徒手旁觀，何能得魚，空自羨慕而已。此二句雖屬自謙之詞，而希張丞相援手之意，亦寓其中。

夜泊牛渚懷古　李白

牛渚西江夜，青天無片雲。登舟望秋月，空憶謝將軍。
余亦能高詠，斯人不可聞。明朝掛帆去，楓葉落紛紛。

注釋：牛渚：山名。在今安徽當塗縣西北二十里。其山下突入江處，謂之采石磯。西江：謂長江也。謝將軍：謝尙，東晉時人，曾鎭守牛渚。高詠：謂高唱自作之新詩。斯人：此人。指謝尙。紛紛：感多貌。

論析：詩文中懷古之作，大抵因作者涉其地而憑弔往事。此詩乃太白夜泊牛渚，懷想謝尙與袁宏之一段往事。按袁宏，晉陽夏人。有逸才，文章絕美。少孤貧，以運租自業。一日，夜泊牛渚，在舟中吟詩，爲謝尙所聞，乃邀其相見，並引宏参其軍事。

起筆用直敘法。言客遊江東，夜泊於牛渚山下，長江之濱。此時，秋高氣爽，碧空中無一片雲彩，只有一輪皓月，清輝籠罩江面。如此清幽景色，最易觸發詩人興致，對月長吟。

三、四句以賞月承之。言登上船頭，舉頭望月，只因身在牛渚，便想起安西將軍謝尙來。然而良夜迢迢，山川寂寥，謝將軍而今安在，空自思憶耳。

五、六轉入自己，而起身世之感。句中「亦」字，包含多少委屈。言袁宏之所以得謝尙賞識，只是有逸才，工詩文而已；而我之才華橫溢，豈遜袁宏？在此月夜，亦能高唱自作之新詩；可惜四周並無謝尙其人，縱有絕妙好辭，謝將軍已不可能聞知。人生世間，有幸有不幸。昔日袁宏何其幸運，而今日之我，竟難遇知音，豈不可歎。

落句不言對月傷懷，一夜難眠，而以明朝啓程作結，言在此停泊，空無所得，明朝掛帆他往，料亦無人相留，無人相送；只有江邊楓葉，紛紛飄落，聊表惜別之意耳。

月夜

杜甫

今夜鄜州月，閨中只獨看。遙憐小兒女，未解憶長安。

香霧雲鬟濕，清輝玉臂寒。何時倚虛幌，雙照淚痕乾。

注釋：鄜州：今陝西鄜縣。當時杜甫妻小居於此。長安：唐朝都城。天寶十五年，安祿山反，肅宗即位靈武。杜甫奔赴行在，爲賊所得，身陷長安。雲鬟：鬟是將髮上梳，盤作環狀之髮型。雲鬟，謂鬟如雲也。虛幌：懸掛之帷幔。

論析：此詩本是月夜懷念家中妻子，却擺脫現境。不說自己如何思念、反從對方落筆，正所謂「心已馳神到彼，詩從對面飛來。」如此運用想像，寫雙方俱陷於思憶之中，心情更加沉痛。

發端即從鄜州寫起。言今夜居於鄜州之妻，在此皎潔月光之下，亦將懷念身在遠方之我。「看」字上插入「只獨」二字，不但想像愛妻獨守空閨，懷人較我更甚；並將以往並肩賞月之恩愛情況，暗示出來。

三、四句寫小兒女不知相憶之可憐，承上「只獨看」而來。言兒女年幼無知，懵懵懂懂，不知思憶其父，更不知不幸即將降臨其身。「未解憶」已屬可憐，而下文不接「其父」二字，却接入「長安」，由此可知「可憐」不獨指兒女而言，嬌妻亦在其內矣。蓋先生欲奔赴行在，而中途爲賊所獲，擄至長安。此事小兒女固不知曉，即閨中妻室恐亦不知先生如今身在何處。夫對月懷人，原已可悲；若不知飄泊何處，更覺傷情；若知爲賊所擄，身陷長安；則思念之外，又加憂慮安危，更覺可憐矣。

五、六仍運用想像，描寫嬌妻獨看明月之神態及時間之久。言挾帶花香之濃霧，已將如雲之鬢沾濕，清涼如水之月光，久照玉臂，想已感到寒意。此二句不但造語精麗，妙在扣定「月」、「看」二字下筆，蘊含夫婦間深厚之情感。

末聯以提出希望作結。言何時得再歡聚，同倚於帷幔之前，欣賞月夜景色；讓月光照乾淚痕，重拾舊時歡笑哉？用問句寫出，便覺餘音嫋嫋，詞簡情長。以「雙照」回映上文「獨看」，有氣勢如環之妙。

春日懷李白

杜甫

白也詩無敵，飄然思不群。清新庾開府，俊逸鮑參軍。
渭北春天樹，江東日暮雲。何時一樽酒，重與細論文。

注釋：飄然：飄揚之貌。庾開府：庾信，南北朝新野人。文章摛藻豔麗，與徐陵齊名。累遷驃騎大將軍，開府儀同三司，世稱庾開府。鮑參軍：鮑照，南朝宋東海人。工詩，文詞贍逸。臨江王子瑱爲荊州，照爲參軍。渭北：渭水之北，此指長安。

論析：天寶四年，杜甫與李白同在齊魯間。是秋，白遊東吳。五年，甫歸長安，此詩殆係此時所作。李白既以詩聞於世，發端憶其人即憶其詩。言白詩之佳，無人匹敵，蓋其文思超邁高妙，非一般詩人可及。

三、四承上。舉南北朝兩大詩人比之。言其思之不群，若庾信之清新，似鮑照之俊逸，兼有二家之長。李杜相知甚深，所評極當，非尋常標榜也。

五、六一轉。言如今天各一方，際此陽春佳日，萬紫千紅，開滿枝頭，李白遠在江東，不能同遊共賞，悵何如之！因而遙想此時之李白，每對紅日西斜，雲霞滿天之江東美景，亦將懷念渭北之我，而黯然神傷也。

落句由轉入合。言天涯地角，相見難期。只有寄望於將來，但不知何時再能樽酒相對，暢敘離情，並仔細討論文章之心得也。

此詩解說紛紜，或以「清新俊逸」非詩之極致，焉可謂無敵；或以「細論文」及譏其才疏；或以五六爲懷其人，前後爲懷其文。不知李杜交深，惺惺相惜，懷其人即懷其詩，全篇四十字一氣呵成，有何譏刺之意及懷人懷文之分哉？

水檻遣心二首之一

杜甫

去郭軒楹敞，無村眺望賒。澄江平少岸，幽樹晚多花。
細雨魚兒出，微風燕子斜。城中十萬戶，此地兩三家。

注釋：水檻：草堂水亭之檻。檻，軒窗下之板。去郭：去，離也。郭，外城也。軒楹：軒，長廊之有窗者。楹，堂室間之四經柱，其前兩柱旁無所依者。賒：空濶也。澄江：謂江水靜而清也。平：水漲與岸齊也。岸：水崖而高者。晚：遲也。

論析：先從草堂水亭之所在寫起。首句言此亭離城郭已遠，建築用地取得較易，故亭前之長廊及兩楹之間，均甚寬敞。次句言檻外即江，並無村落遮蔽，一片空曠，可供遠眺。境曠則心寬，先生卜居於此，胸中鬱悶，自可消除不少。

中間兩聯寫檻外江邊之景。三、四言江水澄清與陸地相平，少有高出之崖岸。由軒窗眺望，可盡覽江上之景。亭畔幽深處之樹木，著花雖遲，而花開甚多，可供觀賞。五、六言有時細雨飄落，江中魚兒成群露出水面，吹起無數漣漪。亭前有燕子飛翔，稍遇微風，身形便呈傾斜，而姿態更加美妙。

七、八回應一、二句之意作結。言城郭之中，人煙稠密，市井喧囂；此地不成村落，只有兩三戶人家。相較之下，殊覺清曠宜人，可安排送老也。

此詩首尾呼應，可知先生所重者，不在「軒楹敞」、「眺望賒」，只重「去郭」、「無村」爲樂耳。頸聯魚兒、燕子本尋常之物，先生觀察入微，將自然生態之美，用白描寫出，清雅而有情致。

發潭州

杜甫

夜醉長沙酒，曉行湘水春。岸花飛送客，檣燕語留人。
賈傅才何有，褚公書絕倫。名高前後事，回首一傷神。

注釋：潭州：東晉分荊廣二州之地置湘州，州治臨湘，即今長沙縣。宋、齊、梁、陳因之，隋改爲潭州。檣：船帆柱也。俗稱桅竿。賈傅：即賈誼，漢洛陽人。文帝召爲博士，超遷至大中大夫，爲大臣所妒，出爲長沙王傅，卒年三十三。褚公：即褚遂良，唐錢塘人，工隸楷。《唐書》：「高宗時，諫立武昭儀爲后，左遷潭州都督。」何有：猶言何用。絕倫：本謂倫類中無可與比者，此處亦可作只此流傳解。

論析：此詩乃杜工部自潭之衡時作。題爲「發潭州」，却先從出發之前夕寫起，言昨夜於長沙飲酒，清晨方乘舟由湘水南下，時已春深，三、四便以江邊春景承之。檣承湘水，花、燕承春。言岸花紛飛，似作送客惜別之狀，檣上燕語呢喃，似勸客暫且留住。初讀起句，本以爲尋常旅程記事；經此二句一承，陡覺先生乃託物見人。蓋長沙夜飲，既無主人款待；曉行湘水，亦復無人相送。先生以蜀亂攜眷走避荊楚，未維舟而江陵亂，乃沿湘水南下，路經長沙，如入空城，醉只自醉、行亦自行，人情冷淡，一至於此。先生身歷之苦況惡境，盡在此四句之中矣。

五、六一轉，想起淪謫潭州二古人來。一是賈傅，雖有經國之才受文帝賞拔，名動公卿；却遭嫉遠謫，抑鬱以終。二是褚公，謇謇諤諤，有大臣之節，然亦只書法流傳而已。

七、八由轉入合，借人形己。言此二人皆古之名臣，雖時有前後，而流落相同，自己亦復如是，名高又有何用，每一思之，殊覺傷神也。

送李中丞歸漢陽別業

劉長卿

流落征南將，曾驅十萬師。罷歸無舊業，老去戀明時。
獨立三邊靜，輕生一劍知。茫茫江漢上，日暮欲何之？

注釋：中丞：官名。東漢以後，廢御史大夫，以中丞爲御史臺率，職最雄峻。別業：謂田園之置於他處者。流落：謂人遠遊不得志也。征南將：魏晉以來，將軍、大將軍之名號有征東、鎭東、征南、鎭南之類，總稱征鎭，使監軍事以守衛地方。舊業：謂固有之事業。三邊：指邊疆各地。江漢上：指長江、漢水之間。何之：猶言何往。

論析：起筆「流落」二字，爲全篇眼目。下以「征南將」、「十萬師」接之，大起大落，令人觸目驚心。意謂流落者，非普通失意潦倒之人，乃一代名將—征南將軍。想當年受明君擢拔，率領十萬雄師，征伐蠻夷，戰功彪炳，爲一時風雲人物；不意如今竟遭棄置，流落於江漢之間。

次聯承「流落」。言將軍既未因功而封侯列土，罷職回鄉，又無舊業可守。而今人已老去，雖謂「烈士暮年，壯心未已。」但時移世變，昔日聖明時代之際遇，亦只有空自懷念而已。

頷聯敘其忠勇，益以傷其流落。言當年率師南征，因其所立之戰功，與個人之威名，鎮守三邊，以致各地寧靜安謐，不再有戰事發生。「輕生一劍知」一語，極爲沉痛。蓋沙場上衝鋒陷陣，奮不顧身之壯烈情況，彼安坐廟堂之上者，何能了解？何能體會？其所以言「一劍知」者，乃因劍爲自己所佩、所用，隨自己出生入死，「一劍知」，即是自己知耳。一片丹心，惜未爲當道所賞識，只落得自己心知肚明，豈不大可哀哉！

末聯繳足「流落」之意。言茫茫江漢，不知何處是將軍安身立命之處。句中插入「日暮」二字，正傷其衰老，悲其途窮。言如此國之干城，竟無用武之地，而任其流落以至衰老，豈非國家之大損失，將軍之大不幸歟！末句「欲何之」三字，與首句「流落」，三句「無舊業」，前後呼應，章法井然。

淮上喜會梁川故人

韋應物

江漢曾為客，相逢每醉還。浮雲一別後，流水十年間。
歡笑情如舊，蕭疏鬢已斑。何因不歸去？淮上有秋山。

注釋：淮上：淮水之旁，今安徽北部及河南南部等地。梁川：即梁州。古九州之一，在今陝西之南部及四川省地。韋應物：唐長安京兆人。貞元中，爲蘇州刺史，多惠政，人稱韋蘇州。性高潔，詩如其人。江漢：指長江、漢水之間，即古梁州之地。蕭疏：雜錯而稀疏之貌。

論析：客地忽逢故人，倍感親切，往事自然一一湧上心頭；故本詩從追憶寫起。言昔日曾遊梁州，客地相逢，一見如故。有所聚會，必盡醉方歸。從次句中「每醉」二字，便覺「酒逢知己千杯少」。志趣相投，盡情歡笑，不知不覺中，已入醉鄉也。

次寫別後。言分別往來，有似浮雲，各自西東，勢難再聚。不意今日重逢，屈指算來，已十易寒暑。歲月不居，逝者如斯，不禁感慨萬千。

五、六句寫目前情況。言我與君久別重逢，興高采烈，盡情談笑，一如往昔。唯一與以往不同者，乃二人鬢髮已斑白稀疏，不再似昔日春風綠鬢，神采飛揚。年既老大，則應早作歸計矣。

末以問答法作結。言是何原因而滯留淮上？此一問題，非一時，言語所能盡述，乃以淮上有秋山可供賞玩作答。將心中無奈，與前途迷茫，以淡語出之，耐人尋味。

此詩題爲「喜會」，但乃乍見時之驚喜，詩中却充滿哀傷之感。五句雖言及「歡笑」，實際乃行文故作一拗，以顯兩鬢斑白蕭疏之難堪耳。

中間四句，皆側卸而下，故流走生動，略無痕跡，乃唐人擅長之筆法。

雲陽館與韓紳宿別　司空曙

故人江海別，幾度隔山川！乍見翻疑夢，相悲各問年。
孤燈寒照雨，深竹暗浮烟。更有明朝恨，離杯惜共傳。

注釋：雲陽館：故址在今陝西涇陽縣北。江海：泛指他鄉客次。幾度：猶言幾次。翻：反也。惜：珍惜也。共傳：以此之所受轉授之於彼曰傳。共傳，謂傳杯共飲也。

論析：此詩與韋應物「淮上喜會梁川故人」及李益「喜見外弟又言別」大致相同，均敘別後重逢，匆匆又別之情景。開端亦從追憶往事寫起。「江海」指昔日客地相逢之處。「幾度」狀別後時間之久。「隔山川」狀兩人相距之遠。言昔日曾與老友客地歡聚，惜爲時甚短，又天各一方。此後宦遊靡定，曾幾度遷移，無奈依舊山川遠隔，無緣晤面。此二句極力寫相見之希望渺茫，爲下文「乍見翻疑夢」張本。

三、四句敘重逢時悲喜交集之神情。言今在雲陽，忽然相見，大出意料之外。驚喜過甚，反疑爲春夢一場。及至心神平靜，彼此執手相看，方覺兩鬢蕭疏，已非舊時風采。慨華年之流逝，悲離別之悠長，已不記其間經歷多少歲月，於是互問年齡，以資印證。此句乃詩人就重點言之，其實，當時相悲者，所問者，包括甚多；一切別後生活情況，均在彼此關懷之內，非僅「問年」之一端也。

五、六轉寫雲陽館中景色。言二人於此寒夜，對坐於孤燈之下，暢敘離懷。窗外雨聲淅瀝，竹林中，已升起烟霧，一片迷濛。四周如此清冷、黑暗、二人重逢之喜悅，已沖散無遺。

落句以明朝又別作結。言久別相見，理應多事盤桓，無奈明朝又要分手、令人悵憾。面對此殘酷事實，只有珍惜此難得之機緣，相對痛飲，以期一醉解千愁也。

賊平後送人北歸　司空曙

世亂同南去，時清獨北還。他鄉生白髮，舊國見青山。
曉月過殘壘，繁星宿故關。寒禽與衰草，處處伴愁顏。

注釋：時清：時局清平。舊國：猶言故鄉。殘壘：戰後殘留之堡壘。故關：以前經過之關口。

論析：起句從題前落筆，次句拍到本題。言昔日因世亂同往南方，如今亂賊已平，而君却獨自北還。句中用「同」、「獨」二字前後對照，便見同來而不得同還，則仍滯留南方之人，心情之沉重可知。

三句承「南去」，四句承「北還」。三句言羈旅他鄉，懷憂失意，頭上已生白髮。此乃行者與送行者兩面俱寫，四句便只寫行者。言君歲末離此蠻荒之地，回到故鄉，已屆陽春，又可見郊野之青山。

以上四句時間不同，虛實亦異。首句「世亂南去」是過去之事屬虛，次句「北還」是現事屬實。三句生白髮屬實，四句見青山尚未實現，屬虛。如此虛實相間，娓娓道來，雖不言傷別，而淪落之悲，遭際不同之慨，已躍然紙上。

五、六句寫歸途中景況，亦屬虛擬之筆。言一路之上，有時破曉起程，經過戰後殘留之堡壘，有時在星光下投宿於以前經過之關口。如此曉行夜宿，戴月披星，辛苦自不待言。

七、八仍以虛擬旅況作結，並點明時令。言時值冬季，大地蕭條，沿途只有寒林之禽與枯萎之草，與面帶愁容之行人作伴而已。

後四句一氣直下，無轉合之分。其中不說自己不得同還之苦悶，却只以行者旅途辛苦爲念。如此相送之情，可謂桃花潭水所不及矣。

喜見外弟盧綸見宿

司空曙

靜夜四無隣，荒居舊業貧。雨中黄葉樹，燈下白頭人。
以我獨沉久，愧君相見頻。平生自有分，況是霍家親。

注釋：外弟：表弟。荒居：荒僻之居所。舊業：祖傳之家業。沉：謂沉伏，官職不顯也。頻：屢也。自有分：本有情分。霍家親：謂表親。漢霍去病爲衛青姊子因以霍家親稱表親。

論析：發端寫夜晚荒居之孤寂，以襯托下文外弟見宿之喜悅。言我之所以居於如此荒僻之處，四周無有鄰舍，乃以此爲舊時家業，又向極清貧之故。暗示值此寂靜雨夜，盼有故人來訪之心甚切。

頷聯以雨中夜景承上。言以舊業貧之故，並無亭園池館之設置，雨中所可見者，惟有葉已枯黃之樹，經雨而沙沙作響。屋內燈下，亦無親朋來訪，只有滿頭白髮之人獨坐於窗前而已。此二句不但對仗工整，且情景交融，從雨中燈下，黃葉白頭，兩兩相形，將夜之寂靜，舊業之貧，與人之孤寂衰老，一一寫出。如此景況，依常情而推，人將厭棄之不暇，又何能漫勞車馬，來此晤敘哉！此乃極力爲下文外弟來訪作勢。

五、六從正面寫題中「喜」字。「獨沉久」三字包含多少委屈。若沉淪者眾，有同病之人尚可寬解；而今親朋之中，大多春風得意，惟我獨自沉淪。情何以堪！如屬一時，尚可忍耐；時間一久，不但無以自解；友朋視我亦呈異樣眼光，自棄我而不顧矣。六句中「愧」字較「感」字爲重，蓋於此久無人問之時，蒙君屢次來訪，並肯留宿，不勝欣喜之至。下一「愧」字，便覺感激之餘，愧無以報也。

落句爲免將題中「喜」字說得過甚，特將筆鋒回轉過來，點明彼此關係。言見宿雖是歡喜，但屬意料中事。因我與君一向感情深厚，何況又是中表至親，與一般友朋相比，自有不同也。

蟬

李商隱

本以高難飽，徒勞恨費聲。五更疏欲斷，一樹碧無情。
薄宦梗猶汎，故園蕪已平。煩君最相警，我亦舉家清。

注釋：費聲：凡用煩而過其度者曰費。費聲，言鳴聲煩數過度也。梗：指萍梗，喻行蹤之無定。蕪：言雜草茂生也。平：漲，滿之意。與王灣「潮平兩岸濶」平字意同。舉家：猶言全家。

論析：題是詠蟬，開頭便從蟬下筆。言蟬原本置身高枝，餐風飲露，因而難得一飽。既屬自取，則應自甘清苦，而心中却仍有怨恨，從煩數過度之鳴聲中表示出來，難收效果，實屬徒勞。

三、四句申述「徒勞」之意。言縱然力竭聲嘶，叫至五更，而所棲止之樹，依舊一片碧綠，毫未動容，改色，冷漠無情，豈非徒勞。此四句雖是詠蟬，實隱喻作者自身處境。「高難飽」。喻自己爲官高潔，家境因而清貧。「恨費聲」，喻自己雖有所表白，但努力均成白費。「疏欲斷」：喻自己極力辯解，以至力竭聲嘶。「一樹碧無情」，喻當政者不予理會，大失所望。

五、六句明白說出自己現況。五句言官卑職小，未獲大用，又復屢遭遷調，正如萍梗已漂浮無根，而猶風波時起，汎汎不定。其苦自不待言。六句用陶潛歸去來辭之意，言故園荒蕪已久，宜早日賦歸，加以整治，作爲生活之資，庶可不再受人擺佈也。

末兩句仍回到題上，以蟬作結束。對蟬特別向自己警告，深致謝意；並提出答覆。言我意全家清白，與君相似，不必費心，絕不至於因「難飽」而趨炎附勢，貪財好貨，而有損人格也。

此詩前半借蟬自喻，語帶雙關。後半以幽默之筆直抒胸臆，並照應本題，理路極爲清晰。

楚江懷古

馬戴

露氣寒光集，微陽下楚邱。猿啼洞庭樹，人在木蘭舟。
廣澤生明月，蒼山夾亂流。雲中君不見，竟夕自悲秋。

注釋：微陽：微弱之陽光。楚邱：今統稱湖南、湖北曰楚。楚邱，泛指楚地之山。木蘭舟：《離騷》：「朝飲木蘭之墜露兮。」《述異記》：「木蘭洲在潯陽江上，多木蘭樹，有魯班所刻木蘭舟。」詩詞中多用以象徵人品之高潔。廣澤：廣大之湖泊，此指洞庭湖。雲中君：即雲神。又屈原九歌中之一篇。

論析：此詩殆作者於宣宗大中年間，以正言被斥爲龍陽（今湖南漢壽縣）尉時，過洞庭湖赴任途中，想起楚三閭大夫屈原流放江南之故事，與自己時雖不同，遭遇却有相似之處。撫今懷古，不禁感傷。

起筆先點明時、地。言季值深秋，時近薄暮。光芒微弱之夕陽，已由山頭漸漸下落。四周露水之氣與寒冷之光正向湖面集結，如此陽衰陰盛之勢，大似人世間君子道消，小人道長之時。

三、四以周遭人、物承之。言此時自己一如屈原空懷高潔之品德，獨坐於木蘭舟之上。耳聞湖邊樹叢間，群猿哀啼不已，能不悲從中來。

五、六明寫景色，暗喻世事之艱難、險惡。言時光流轉，一輪明月已自廣大湖邊升起，清輝四射，方覺湖面之露氣寒光，稍稍消散；而舟已進入山谷之中，蒼翠山嶺緊夾兩岸奔湊而來之亂流，航行其間，步步驚險。正如當道爲群小所盤據，自己原有因「廣澤生明月」般之一點希望，又被殘酷之現實所擊碎矣。

人窮則反本。於孤苦無助之時，每祈求上蒼、神祇庇佑。落句便以此意作結，並點明題面。言仰望長空，雲中君久盼不至。神已不來助我，我將奈何?不禁一夜難眠，獨自因秋而興悲矣。

《離騷》：「惟草木之零落兮，恐美人之遲暮。」宋玉《九辯》：「悲哉!秋之爲氣也，蕭瑟兮草木搖落而變衰。」等句，皆爲此詩末句所本。

書邊事

張喬

調角斷清秋，征人倚戍樓。春風對青塚，白日落梁州。
大漠無兵阻，窮邊有客遊。蕃情似此水，長願向南流。

注釋：池州人。唐懿宗咸通年間進士，工詩。斷：占盡之意。戍樓：古駐邊防軍所築以望遠者。青塚：即王昭君墓。在歸化城南三十里。《方輿紀要》：「塞草皆白，惟此獨青，故名。」又《筠廊偶筆》：「墓無草本，遠而望之，冥濛作黛色，故云青塚」。梁州：古九州之一，今陝西漢中及四川省地。大漠：廣大沙漠。窮邊：極遠之邊境。蕃情：蕃與番同。謂番人心意。

論析：題爲書邊事，詩中即就邊地各事，排列寫出，無起承轉合之分。

開端寫征人。言每逢清秋季節，邊地但聞吹角之聲。駐防之士兵，聽此悲涼曲調，勾起鄉愁，常倚戍樓眺望天涯外之故園。

三、四寫邊地特殊之景觀。三句言塞外草皆白色，昭軍墓上草獨青青，似春風對美人之墓，特別加以護持。（筆者曾詢蒙籍友人，據答墓周之草，並無異樣，秋冬皆呈枯黃，不知人何以有此一說。）四句言太陽是向梁州方向下落，與一般所謂夕陽西下不同。從句中「白日」兩字推之，或許爲高山所蔽，又時值冬季，日在南方，而有此說也。

五、六寫邊境肅清。言廣大之沙漠，已無戰事，交通無阻；連極遠之邊境，也有旅客來遊。（當然作者也包括在內。）

末聯寫蓄情。言番人心意，似流水一般，永遠是流向南方，皆願到土地肥沃，氣候溫和之南方生活。詩中第七句下一「此」字，稍欠穩當。蓋「此」乃指示代詞，前六句未曾提及「水」，「此」字便無根源，不知所代者何。或係「逝」字抄寫之誤。

孤雁

崔塗

幾行歸塞盡，念爾獨何之？暮雨相呼失，寒塘欲下遲。渚雲低暗渡，關月冷相隨。未必逢矰繳，孤飛自可疑。

注釋：崔塗：字禮山，江南人，唐僖宗光啓間進士。塞：邊界也。何之：猶言何往。渚：小洲也。矰繳：捕鳥之具。以繩繫矢而射也。自可疑：猶言大可疑。疑，恐也。

論析：先以問句發端。言陽春已至，雁群一行一行先後飛回塞北，爾却獨自飛行，究竟意欲何往？有此一問，似不知其爲一失群之雁，實乃深憐之也。

中間兩聯均描寫孤雁之苦況，一氣直下，無承轉之分。言暮雨中孤飛，最爲淒苦。但仍抱持希望，極力呼喚失散之伴侶。遇有寒塘，本欲稍事休息，但形單影隻，又遲疑不決，不敢貿然落下。既不敢落下，則不停孤飛，其體力之消耗，飲食之難以補充，成爲極大問題。白天猶可，尤其是陰天或月夜，更受煎熬。五、六句及描述此種情況。言密雲低垂之時，只有在昏暗中飛渡水中小洲。夜間越過關塞，也只有明月冷光照射，一片淒清。前途茫茫，不知將何所底止。

結尾說出憐憫之意。言沿途雖未必遇獵者持矰繳以待，然而如此孤飛，實太可怕，令人憂心也。

題爲「孤雁」，而詩中並未提及「雁」字，但孤雁之神態，及遭遇之苦況，均描述出來，此爲詠物詩最講求之一種筆法。

中間兩聯連用「相呼失」、「欲下遲」、「暗渡」、「冷隨」等詞語，句極凝鍊，意極淒涼，描寫孤雁之苦況，生動感人。

其中「暮雨相呼」、「寒塘欲下」二句，後爲南宋詞人張炎融入所作解連環題爲「孤雁」長調之中。

四、七律

積雨輞川莊作

王維

積雨空林煙火遲，蒸藜炊黍餉東菑。漠漠水田飛白鷺，陰陰夏木囀黃鸝。
山中習靜觀朝槿，松下清齋折露葵。野老與人爭席罷，海鷗何事更相疑。

注釋：積雨：猶言久雨。藜：草名。莖高五、六尺。葉心色赤，嫩時可食。莖老可爲杖。黍：禾屬而黏者，北人呼爲黃米子。餉：進食於人也。菑：已墾一年之田。漠漠：佈列貌。囀：鳥鳴也。聲之轉折者亦曰囀。槿：灌木名。其花朝開暮落。清齋：謂茹素戒葷也。露葵：滑菜也，古代採葵必待露解，因名露葵。海鷗：水鳥名。列子：「海上有好鷗者，每旦之海上從鷗鳥游。鷗之至者，百住而不止。其父曰：吾聞鷗鳥皆從汝遊，汝取來，吾玩之。明日之海上，鷗鳥舞而不下。」

論析：起筆先點題面。言以積雨之故，林中農家所儲存之薪柴，業已用罄；新砍之柴又潮濕難乾，生火不易，以致炊食延遲。

次句就「遲」字寫農家一片忙碌景氣。言壯男於田中正犁田、插秧、除草、婦女則忙於蒸藜、炊黍送至東菑，以備食用。

三、四從色、聲兩面寫田間景物。言久雨初晴，田中水滿。放眼望去、一方方水田佈列於郊原之上。成群白鷺，飛翔其間；青白相映，宛如畫圖。田邊深密之樹林中，傳來黃鸝鳴聲，悠揚百囀，煞是悅耳。此聯若置於五言詩中，亦稱佳句；惟加以「漠漠」、「陰陰」二複詞之後，便覺意境、音節更臻高妙。

五、六句轉寫自己日常生活，以「山中」、「松下」點所居之輞川莊。言山中晨起，觀槿花之朝開暮落，為時甚短；因悟人生於世，倏忽白頭，有何名利之堪爭？惟有於澄心淨慮，多下工夫，期與自然合而為一。至於飲食方面，並非著意戒葷，乃以松下植葵類蔬菜，每於露水已乾之時，採擷充膳，新鮮可口，故而茹素耳。總之，習靜清齋、乃山居極自然之事，毫無機心。

七、八句言野老三、五，於瓜棚豆架之下，閒話桑麻，受我習靜清齋之影響，已無與人爭席之心，然則我之忘機，心遊物外，海鷗又何相疑而不相狎乎？此時殆有人疑右丞之習靜清齋，乃故作清高，有所企求，故藉列子海鷗之故事，以自明心跡也。

黃鶴樓

崔顥

昔人已乘黃鶴去，此地空餘黃鶴樓。黃鶴一去不復返，白雲千載空悠悠。
晴川歷歷漢陽樹，芳草萋萋鸚鵡洲。日暮鄉關何處是？煙波江上使人愁。

注釋：黃鶴樓：在今湖北武昌縣西南黃鵠磯上。《寰宇記》：「昔費文禕登仙，每乘黃鶴於此樓憩駕，故名。」晴川：猶言晴郊或晴野。歷歷：明晰貌。萋萋：茂盛貌。鸚鵡洲：在今武昌縣西南江中。後漢末，黃祖爲江夏太守，其子射大宴賓客，有獻鸚鵡者，禰衡作賦，辭采甚麗，因以得名。

論析：此詩可分前後兩解。前解敘此樓得名之由來及對仙人之懷念。言昔時仙人曾乘黃鶴於此經過，此樓即名黃鶴，以爲紀念。世人對仙人如此懷慕，而仙人自乘鶴一去之後，即未復返。如今，我輩登臨此樓，空發思古之幽情。樓前所得見者，只有天上白雲，千載以來，仍飄浮於碧空之中而已。仙人既不復返，則此樓之猶存其名，與白雲之千載悠悠，均無意義，正所謂「空餘」、「空悠悠」耳。

後解寫登樓所見之景色，以懷念故鄉作結。言登樓遠眺，漢陽郊野之樹木，在陽光下清晰可見。江中之鸚鵡洲距離較近，連萋萋芳草也都在望。此二句雖是寫景，實爲翻跌「鄉關何處是」五字。言彼是漢陽歷歷之樹，此乃鸚鵡洲上萋萋之草，然目斷天涯，鄉關又在何處？句中插入「日暮」二字，更覺淒然。日暮有二義，既可言，日暮途窮，又可言人命淺短如日之方暮。無論如何，對此煙波江上，總不免觸景生愁矣。

前解以懷昔人爲主，故四句中有三句寫「昔人」，只一句寫樓。而此一句也未嘗寫樓，因樓名亦屬「空餘」也。

律詩只有八句，即七律亦僅得五十六字，歷來作者多忌有相同詞字出現，以免詞彙貧乏之譏。若不避重複，則必加多重複。如元稹〈行宮〉一絕，用三次「宮」字，兩次「寂寞」一詞。又如李白〈登金陵鳳凰台〉二句中用三「鳳」字，二「臺」字。重複愈多，愈難而愈妙。此詩四句中連用三次「黃鶴」一詞，二「去」字，二「空」字，不嫌重複，反覺文氣舒暢，筆力萬鈞，確是大家手法。

九日藍田崔氏莊　杜甫

老去悲秋強自寬，興來今日盡君歡。羞將短髮還吹帽，笑倩旁人為正冠。
藍水遠從千澗落，玉山高並兩峯寒。明年此會知誰健，醉把茱萸仔細看。

注釋：辛棄疾詞：「啼鳥還知如許恨，料不啼清淚常啼血。」還，如果也。「羞將短髮還吹帽」：將，如「將計就計」及韓愈詩「敢將衰朽惜殘年」之將，因也。短，少也。還，如其也，若也。言如其風吹帽落，將因露出短髮而羞。
藍水：《三秦記》：「藍田有川，方三十里，其水北流，出玉石，合溪谷之水爲藍水。」玉山：即藍田山。兩峯即當面之山峯，不必遠指。有謂指泰山、華山，似覺牽強。茱萸：《續齊諧記》：「汝南桓景隨費長房遊學累年，長房謂之曰：九月九日汝家當有災。宜急去，令家人各作絳囊，盛茱萸以繫臂，登高飲菊花酒，此禍可除。……」

論析：「老去」是將老未老，逐漸步向老境之意。此時之人對氣候、景物之變化，較爲敏感；尤以秋季草木搖落，每易興悲。又不便與人談說、只有強自寬慰，以免影响生活品質。今日適逢重陽、君等邀我登高，一時興起，便允偕往，期盡諸君之歡。三、四句以孟嘉九日遊龍山，風吹帽落故事，承「老去」、「興來」之意。蓋老人髮少，萬一風吹帽落，露出稀疏花髮，不但掃人之興，自己亦覺羞愧。故笑倩身旁諸人各自整冠，則我之整帽，便不爲諸人所覺矣。

五、六句寫藍田莊外之景。藍水乃千澗所滙，自遠而來，以喻學識精博，非一朝一夕之功。玉山雙峯相並，高聳入雲，以喻品行節概，與玉山同其偉大，非一般人可比。先生既有此自負，對健康亦不肯遜於少年；於是想到明年今日再會於此，或我老人尚健，諸少年反有不健者，亦未可知。酒醉之後，目睹諸少年歡呼豪飲，於是手把茱萸，冷眼細觀，覺如此微小植物，有何消災除禍之功能，只是齊東流傳之野語耳。正如今日之會，一場好笑，先生真「興來」矣。

「老去」、「興來」爲此詩之綱領，以「今日」、「明年」前後貫串。藍水玉山，就地取材，寫得莊重雄偉，氣勢非凡。唐詩慣將景物至於頸聯，最能振起一篇精神，且由轉入合，更覺意味深長。

曲江二首

杜甫

一、

一片花飛減卻春，風飄萬點正愁人。且看欲盡花經眼，莫厭傷多酒入唇。江上小堂巢翡翠，苑邊高塚臥麒麟。細推物理須行樂，何用浮名絆此身。

注釋：翡翠：鳥名。羽美麗，可為飾品。埤雅：「翠鳥或謂之翡翠，雄赤曰翡，雌青曰翠。」高：大也。麒麟：獸名。似鹿而大，牛尾馬蹄，有肉角一，背毛五彩。牡曰騏，牝曰麟。古顯貴者墓道有石雕麒麟。浮名：虛浮不實之名。先生時任拾遺，未有實際行政職務。

論析：首句虛筆泛論，次句實寫景色。言一片初飛，於善感之詩人眼中，便覺春色已減；如今正風飄萬點，豈不愁人！三句承風飄萬點，言春色已闌，無計攀留，不如暫且凝睇觀賞；不然，連此欲盡之花，亦不可得。「經」字承風飄而來。四句承「愁人」，蓋消愁之方，莫如飲酒；然多飲，醉後亦不舒適，令人厭惡。而先生卻叮嚀「莫厭」者，只為花飛欲盡，一刻千金，其惜春之意，溢於言表。

五、六句轉入當地景物。「江上」點曲江，「小堂」乃隱逸不得志者所居。「苑邊高塚」乃顯貴者埋葬之地。如今，小堂人去，空見翡翠築巢而居。塚旁麒麟乃臥倒在地，一片荒涼。句中由「小」、「高」兩字對比，可知生時雖升沉各異，但終隨物化，一切成空。此乃物理使然，因悟人生當及時行樂，不須受浮名羈絆此身也。

末句「浮名絆此身」，乃「愁人」之根由，至於風飄萬點，不過感物候以驚心耳。先生忠君愛國，急思報效，乃爲浮名所絆，進退不得，而韶華不待，春歸人老，不如及時行樂，以消有志難伸之恨也。「須行樂」結三、四句「且看」、「莫厭」之意，章法井然。

二、

朝回日日典春衣，每日江頭盡醉歸。酒債尋常行處有，人生七十古來稀。
穿花蛺蝶深深見，點水蜻蜓款款飛。傳語風光共流轉，暫時相賞莫相違。

注釋：典：質貸也。行處：即隨處也。深深：摹蛺蝶之翩翻隱見。款款：狀蜻蜓之上下往來。相：代名詞，代風光，包括蛺蝶、蜻蜓。

論析：起句。「朝回」接前首「浮名絆身」之意。次句「江頭」點曲江，「盡醉歸」接「莫厭傷多酒入脣」之意。百官朝回，各有所司。先生獨江頭買醉，無聊之極。又因家貧無錢沽酒，以致日典春衣；而時方暮春，春衣不可典當，只有到處賒欠，酒債反成尋常之事。若謂首句是寫實，則那有如許春衣可典？既可典，又那有如許酒債？故知日日典衣是虛，每日醉歸是實，此先生獨有章法，前後兩首相同。古制：八尺爲尋，倍尋爲常。皆是數字，故可對「七十」。古人憨樸，較易長壽，但活至七十，猶不多見；令人百憂感心，萬事勞形，七十更屬稀少，酒債與之相比，真屬尋常之事，不必縈懷也。

五、六句寫眼前景物。蛺蝶穿花，翩翩隱見，乃暮春採蜜備過冬之需。蜻蜓點水，上下往來，乃初夏時生子繁衍後代。些小動物，猶知辛勤工作，充實生活；先生乃每日盡醉方歸，一腔無奈，除借酒澆愁外，爲自我寬解，故望空傳語，謂吾人應隨春去夏來大好風光之流轉，暫爾相賞，莫使錯過也。「風光共流轉」、「暫時相賞」，即前首「細推物理須行樂」之意。

曲江對酒　杜甫

苑外江頭坐不歸，水精宮殿轉霏微。桃花細逐楊花落，黃鳥時兼白鳥飛。
縱飲久判人共棄，懶朝直與世相違。吏情更覺滄洲遠，老大徒傷未拂衣。

注釋：霏微：陰暗隱蔽也。細：微也。逐：隨也。兼：並也，謂分者合之於一也。
判：亦作拚。宋人多用「拚」，唐人多用「判」，割捨之辭，亦甘願之辭。
直：猶「故」也，有意使之發生也。滄洲：泛指隱居之地。拂衣：意即歸隱。

論析：首句實中帶虛。「苑外江頭坐」是實，「不歸」是虛。蓋滿懷鬱悶，本欲長坐不再回返，奈何一坐江頭，卻又見「水精宮殿轉霏微」。水精宮據《述異記》載為闔閭所建，此處藉狀明亮。下接「轉」字，言正在漸漸陰蔽也。即見霏微，則又不忍置君國於不顧而不歸矣。此二句寫失意之人心情如畫。三、四句明寫江頭景色。實寄託心事，承次句「轉霏微」而來。蓋桃花結子而柳絮空飄，今桃花亦微有隨楊花而落矣，喻有品德學問之人逐漸與無才德者同遭棄置。黃鳥求友而有時卻與白鳥同飛，喻人不我知，雖友朋亦不相顧，因而轉生出下文「人既棄我，我便與世相違之憤慨。」

五、六句接前首「朝回日日典春衣……」之意。前首尚言「朝回」，此首已是「懶朝」矣。前首言每日醉歸，此首則甘願長久縱飲，為人所共棄。前首言「莫相違」，此首則故意與世相違矣。心情惡劣，日甚一日，人到如此地步，一官有何可戀？然讀書人欲酬素志，捨出仕別無他途。懷此作吏心情而懶朝縱飲，如何能建功立業，早日拂衣隱遯哉！於是更覺滄洲遙遠，歸隱無期。嗚呼！人漸老大，匏繫一官，進退不得，徒自悲傷耳。

登高　杜甫

風急天高猿嘯哀，渚清沙白鳥飛迴。無邊落木蕭蕭下，不盡長江滾滾來。
萬里悲秋常作客，百年多病獨登臺。艱難苦恨繁霜鬢，潦倒新停濁酒杯。

注釋：飛迴：盤旋飛翔。蕭蕭：落葉聲。苦恨：極恨之意。與「苦恨年年壓金線」之苦恨意同。如此，方與下句「新停」相對。濁酒：未過濾之酒。

論析：首兩句從聲、色兩面，寫登高遠眺所見之景。先言上望，風如此強勁，天如此高遠，猿聲如此悲哀。次向下看，渚水澄清、沙灘潔白，空中鳥群盤旋飛翔。其中天高、鳥飛、渚清、沙白是色，風急、猿嘯是聲。色即慘淡，聲亦悲涼。

三、四句仍從聲、色兩面下筆。言林木蕭蕭墜落，長江滾滾東流，再加「無邊」、「不盡」二詞形容，更覺無論時、空，皆變動不居，一片蕭條，極易勾起詩人心潮起伏，愁緒遽增。

五句觸景生悲。言作客他鄉，本易悲秋，何況離家萬里？若短期滯留，猶可忍受，句中下一「常」字，便覺長年飄泊，情何以堪！六句言人生雖可百年，但「百歲曾無百歲人」，七十已是古稀。在此短暫人生中，少壯實無多時，不幸又在病痛中渡過。如今，以多病之軀、獨自登臺遠眺、別無友朋為伴，對此蒼涼秋色，何以為懷。句中「病」字上著一「多」字，「登」字上著一「獨」字，直覺一字一淚，不忍卒讀。

末兩句以「艱難苦恨」四字總結全文。「艱難」，指所遭遇之境況，「苦恨」，指心情之惡劣。蓋衰老乃志士之大敵，若年輕力壯，雖遇艱困尚可勉力支持渡過，寄希望於未來。如今，鬢覆繁霜，已入老境。來日無多，令人恨極。惟有一醉以解千愁，奈經濟拮据，生活潦倒，非但美酒無緣，即低廉之濁酒，新近亦已戒絕，真可謂山窮水盡，令人氣結。

此詩前半寫景，將多種形象依序排列而出。後半抒情，將一腔苦悶，盡情傾吐出來。八句實為四聯對仗，一氣呵成，此種章法，唐律中尚不多見，後人譽為杜律中壓卷之作。

賓至　杜甫

幽棲地僻經過少，老病人扶再拜難。豈有文章驚海內？漫勞車馬駐江干。
竟日淹留佳客坐，百年粗糲腐儒餐。不嫌野外無供給，乘興還來看藥欄。

注釋：幽棲：隱居也。再拜：謂兩拜也。《白虎通・姓名》：「所以必再拜何？法陰陽也。」豈：安也，焉也。漫：空也，徒也。江干：即江邊。竟日：謂自朝至暮也。淹留：久留也。百年：謂一生也。粗糲：謂粗米僅脫稃殼不精鑿也，即脫粟飯。腐儒：陳腐無用之學者。無供給：謂無物招待也。

論析：先從題前寫起。言隱居於偏僻鄉野，本少有人經過，訪客更屬稀少。自身又既老且病，縱有人攙扶，亦難與賓客行相見再拜之禮。此二句極言萬無貴賓來訪之理。

三、四承入本題。言今忽有貴賓翩然蒞止，自己亦難相信確爲事實。除非我有驚世之文章，使人不嫌地僻，不嫌我老病，而特來訪問。但我只做得幾首詩，並無其他成就；然則貴賓之來此江干，亦屬空勞車馬而已。

五、六寫自己之窘態。言地僻市遠，家中無可招待之食物；而我等腐儒，一向窮困，平常所食僅粗米煮成之脫粟飯，何能招待貴賓？只有整日留他對坐閒談，不提招待之事。希其自動告辭，以免長此尷尬。

七、八以盼其再來做結。言若不嫌野外無可招待之物，有興再來晤敘；則我家之藥欄，尚有些花木可供觀賞。句中插一「還」字，便知今日賓至，也只是招待看此藥欄，以後再來，則仍看此藥欄也。

此詩八句中，四句賓，四句主，穿插寫來，章法奇絕。三、四句側卸而下，又用一問句寫出，覺謙抑中有自高之意。

懷古跡五首之一　杜甫

羣山萬壑赴荊門，生長明妃尚有村。一去紫臺連朔漠，獨留青塚向黃昏。
畫圖省識春風面，環珮空歸月夜魂。千載琵琶作胡語，分明怨恨曲中論。

注釋：村：在歸州東北。去：離開。紫臺：紫宮也。後世稱帝王宮禁曰紫宮。畫圖，《西京雜記》：「元帝後宮既多，使畫工圖形，按圖召幸。宮人皆賂畫工，昭君不與，乃惡圖之。後匈奴求美人爲閼氏，以昭君行。及見，貌第一。帝按其事，畫工毛延壽棄市。」環珮空歸：環珮爲美人所佩之物。「空歸」言死後未能歸葬也。作胡語：謂用胡人言語唱歌詞。論：訴說也。

論析：先用形家千里來龍到此結穴之法，指出千山萬壑奔赴荆門，直至荆門之一村；然後此村乃生長明妃。可知絕代美人乃山川靈秀之氣所鍾，誠不易得。起筆何等珍重。次句「尚有村」者，言只有村而已，明妃已不復爲村所有矣。三、四句緊承「村」字，明妃既生於斯村，長於斯村，而不得長居斯村者，爲入紫臺也。一去斯村之後，即入紫臺；入紫臺不久，即被遣和番，遠赴朔漠，最後老死荒漠，一去不回，留青塚於塞外，獨對淒涼之黃昏而已。

五句述出塞之由，乃因漢皇選美，爲一時之省事，而憑畫工毛延壽之手以爲進退，致使絕代美人抱恨異域。六句言其生既去漢，死亦未能歸葬，只憑想像，或可於明月之夜，魂歸斯村耳。

末句「怨恨」二字乃一詩歸宿處。五句「畫圖識面」乃生前失寵之怨恨。

六句「環珮歸魂」乃死後無依之怨恨，俱分明於所作之琵琶曲中，以胡語中訴之矣。能不令千載後人徘徊斯村而爲負才不偶者叫屈哉！

俗解「一去紫臺連朔漠」，謂一去漢宮，即至朔漠。余意「一去紫臺」是一去斯村，則入紫臺，緊接便遠赴朔漠，如此「連」字方可解，且與上句「村」字連貫。最後獨留青塚於塞外，真一去不返矣。六句「空歸」亦指歸村，因此詩乃訪斯村懷古而作也。

詩詞曲語詞匯釋謂省，曾也。似覺未安。如作「曾」字解，則已識春風面矣，尚忍遣往匈奴耶？故從金聖歎註作省事之省解。

秋興八首　杜甫

一、

玉露凋傷楓樹林，巫山巫峽氣蕭森。江間波浪兼天湧，塞上風雲接地陰。
叢菊兩開他日淚，孤舟一繫故園心。寒衣處處催刀尺，白帝城高急暮砧。

注釋：玉露：謂秋露潔白如玉也。塞上：即山上，指夔州之山。他日：往日也。論語：「求也為季氏宰，而賦粟倍他日。」可證。若謂指「將來」，亦與次首「聽猿實下三聲淚」不合。催：促也。忙於裁製之意。刀尺：剪刀與裁衣之尺。白帝城，在夔城之東。公孫述曾僭號於此。急：慢之對。砧：擣衣石也。通作碪。

論析：先寫題上「秋」字。言時直秋季，陰氣漸重，露濃色白。夔州多產楓樹，經玉露凋傷，葉色漸紅，一片蕭瑟之氣，瀰漫於巫山巫峽之間。三、四句中，「江間」承巫峽，「塞上」承巫山。言峽中波浪上湧，與天連接；山上陰暗之風雲，下連大地，上下一片蕭森。范仲淹〈岳陽樓記〉：「陰風怒號，濁浪排空，日星隱耀，山岳潛形」可作此二句註腳。

五、六由秋境轉到人事，即題所謂「秋興」也。先生寓夔已兩年，以前奔波道途，思鄉尚不甚切；自抵夔州，孤舟暫繫，而故園之思，時時縈懷。如今又逢清秋，菊花已開兩次，回憶往日之情事，能不淚下！

七、八句由「故園心」想到天氣漸寒，處處人家正忙於趕製寒衣，不知故鄉家人是否亦在縫製，但道路遠阻，音訊難通，耳中只聞急促搗衣之聲自白帝城傳來而已。客居秋晚，不禁百感交集矣。

此篇居八詩之首，精神籠罩全部。先寫秋景、後含「興」意。頸聯「他日淚」之「他日」，將後七首「香爐」、「抗疏」、「裘馬」、「聖顏」、「青瑣」、「錦纜」、「旌旗」、「彩筆」等等往事，無不畢舉。「故園心」之「故園」，亦將後七首「五陵」、「長安」、「蓬萊」、「秦中」、「昆吾」、「曲江」、「渼陂」等地，包括無遺。

二、

夔府孤城落日斜，每依北斗望京華。聽猿實下三聲淚，奉使虛隨八月槎。畫省香爐違伏枕，山樓粉堞隱悲笳。請看石上藤蘿月，已映洲前蘆荻花。

注釋：夔府：今奉節縣，其舊治也。北斗：星座名。蓋紫微垣爲天帝座，以象帝京。北斗正列垣旁，又名帝車，故依此而望。畫省：《漢官儀》：「尚書省中皆以胡粉塗壁，紫青界之，畫古列士。尚書郎更直，給綵綾幃茵，通中枕，女侍史二人執香爐從入，護衣服。」山樓：指白帝城樓。悲笳：笳葉捲而成聲，邊人以司昏曉者，其聲悲涼。堞：城上女牆垣也。

論析：開頭明點夔府。次句「望京華」乃後七首之主旨，及前一首中「故園心」也。先生寓夔已兩年，每於紅日西斜之時，獨立於孤城之中，依循北斗方向，遠望京華。下一「每」字，正明身在夔府，心在京華，其故園之思何等強烈。

三、四句承以旅居之苦況，用「虛」、「實」二字前後呼應。言相傳張騫出使大夏，尋河源。八月乘搓到天河，經年而返。而我間關奔蜀，入嚴武節度使幕，不但毫無所獲，及羈留夔府，欲歸不得，隨使節而成虛此一行，故曰「虛隨」。客中暮聽猿啼，倍感飄零困頓之苦。古歌有「巴東三峽巫峽長，猿鳴三聲淚沾裳！」之句，以前尚不知真有如此之事，如今親身閱歷，不禁涕淚橫流，故曰：「實下」。

五、六句由京華往事轉入。言昔在省中更直，侍史執香爐從入，伏枕待漏，此等往事，今已久違矣。舉目遠眺，城樓上之粉堞，已漸隱沒，消失於悲涼笳聲之中。

七、八句以望作結，並以眺望之久，應「實下」之「實」。言人若不信，請看初上山頭，照映藤蘿之月，已升至中天，照洲前蘆荻花矣。

此首以「望」字爲主旨。從紅日將落之時，即舉目遠望，漸至昏黑，城樓粉堞已隱，猶不歸寢；直至月已升至中天，光照洲前蘆荻，先生心繫京華，不覺時光流逝之速也。

三、

千家山郭靜朝暉，日日江樓坐翠微。信宿漁人還汎汎，清秋燕子故飛飛。匡衡抗疏功名薄，劉向傳經心事違。同學少年多不賤，五陵裘馬自輕肥。

注釋：翠微：謂山未及頂上，近旁陂陀之處。一曰，山之浮氣呈青縹色，故曰翠微。信宿：一夜曰宿，再宿曰信。故：仍也。匡衡：東漢人，善說詩。元帝初，數上疏陳便宜，遷爲光祿大夫，太子少傅。劉向：東漢人。成帝詔領校中五經秘書。哀帝時，子歆復領五經，卒父前業。五陵：指長陵、安陵、陽陵、茂陵、平陵，皆貴族所居之處。自：即也。

論析：前首「藤蘿月」是夜，此首接以「朝暉」，言又過一日矣。「山郭」指夔府郊外之市集，「千家」言其不大，加一「靜」字，便知其偏僻冷寂，不熱鬧也。江畔樓臺座落於嵐氣之中，坐此賞景，本爲雅事，但加「日日」二字，便覺羈滯無聊，對景反觸目惱人。此處「日日」與前首「每」字相應。前是晚望，此是朝望，先生殆無時不在望矣。

三、四以望中所見景物作承，言漁夫捕魚，已經信宿，本應滿載而歸，卻仍流連江上，汎汎不停。清秋已屆，燕子本應南去，卻仍在空中飛翔。喻己之羈留夔府，毫無著落，不得回鄉之苦況。

五、六句轉入望京華之故，將心事直說出來。言我若效匡衡上疏，抗言政治之得失，則遭際不同，功名難遂；若效劉向於石渠講論五經，則與用世之初衷相違，出處皆難，我何以堪！遙想同學少年時，多屬富貴子弟，各自肥馬輕裘，馳騁五陵。如今遭逢世變，不知近況若何，恐無人似我如此之困頓也。

四、

聞道長安似奕棋，百年世事不勝悲。王侯第宅皆新主，文武衣冠異昔時。直北關山金鼓振，征西車馬羽書馳。魚龍寂寞秋江冷，故國平居有所思。

注釋：衣冠：指搢紳、顯貴。金鼓振：軍中鼓所以進眾，金所以止眾。進軍則擊鼓，收兵則鳴金。此處用作戰事發生解。羽書：插羽於書，取其速也。漢書注：「以木簡為書，長尺二寸，用徵召也。其有急事，則加鳥羽插之。」魚龍：古生物名。屬爬蟲類，狀似魚，頭大、尾細、吻長而突，胎生。《水經注》：「魚龍以秋日為夜。」故國平居：猶言故鄉之平日。

論析：由前首「五陵」接到「長安」。起筆用「聞道」者，蓋不忍直言之也。「長安似奕棋」謂朝局有如棋局，近者如安史作亂、玄宗幸蜀、肅宗即位；遠者如武后稱帝、中宗復位，韋后之亂等，可知政權之爭奪，政局之嬗替，百年以來，紛擾不已，令人不勝悲傷。

下兩聯明承「世事」，暗承「不勝悲」。就人事而言、王侯第宅因新貴登台而易主，朝中文臣武將亦非昔時之人。人事既如此變動，先生之舊識，想已星散，更無援引之人。就時局而論，直北隴右關輔一帶，有河北群寇及河西回紇之亂，戰事迭起，烽煙遍地。西有吐蕃之警、羽書旁午，勞師遠征。此正志士報國效命之時，而先生乃去故國、滯他鄉、能不悲哉！

七、八以故國平居之思結上起下。魚龍乃極動之物，而寂寞伏處者，以時屬秋季也。以喻己素抱用世之志，值此需才孔亟，而滯留夔府，不得報效君國，乃世事使然；豈敢有所怨誹，惟有故國平居、不能自已其思而已。

五、

蓬萊宮闕對南山，承露金莖霄漢間。西望瑤池降王母，東來紫氣滿函關。雲移雉尾開宮扇，日繞龍鱗識聖顏。一卧滄江驚歲晚，幾回青瑣點朝班。

語釋：蓬萊宮：《唐會要》：「大明宮，龍朔三年號蓬萊宮，北據高原，南望終南山，如指掌。」承露：漢武帝以銅作承露盤，高二十丈，大十圍，上有仙人掌承露，和玉屑飲之以求仙。金莖：指承露盤以銅爲柱形之部分。東來紫氣：〈關尹內傳〉：關令尹喜望見東極有紫氣西邁，曰：「應有聖人經過。」果見老君乘青牛車來。滄江：指巫峽。青瑣：漢宮門也。漢書注：「青瑣者，刻爲連瑣文，而青塗之。」名義考：青瑣即今之有亮隔者刻鏤爲連瑣文也。點朝班：言身預朝班，點驗有無在值。猶今之點名、簽到。

論析：前首思「故國平居」，此首便以昔日親見長安全盛之時作起。長安宮闕甚多，所以獨提蓬萊者，乃先生曾於蓬萊宮獻三大禮賦也。該宮前對終南山，其承露盤之銅柱，聳入霄漢之中。句中「對南山」，狀宮闕之壯麗。「霄漢間」言金莖之高峻。用漢武故事以明開元天寶年間，承平日久，聖上亦頗留意神仙長生之事。

三、四句便以神仙承之。言西望瑤池，希王母之鸞駕降臨。東望函關，盼老君隨紫氣而來。一片昇平景象，豈料日後兩京陷落，皇輿遠幸巴蜀哉！是爲所思之一。

五、六句述己官拜左拾遺曾與朝班之事。言位卑職小，雖側身其列；而皇皇殿陛，親臣密侍，加之雉尾製成之宮扇，若雲之環遮，豈得一覩聖顏。只因有時羽扇暫移，稍露日色，光耀龍袍，因而偶一望見聖顏而已。此爲所思之二。「日」字下不用「照」而用「繞」字者，因「照」是直射，「繞」是照到龍鱗，光又反射，多一曲折故也。杜詩用字遣詞，從不輕易。

以上追思昔日，七、八又回到目前作結，以致其滄桑之感。言如今滯留夔府，忽已兩載，又逢秋深，不禁怵然心驚。回思當日於青瑣宮門，朝班預點，曾有幾回？亦有何諫議之可言，令人不勝其悲。

句中「一臥滄江」之「臥」字，含既老且病之意。「歲晚」本點「秋」字，亦帶映身老。

六、

瞿唐峽口曲江頭，萬里風煙接素秋。花萼夾城通御氣，芙蓉小苑入邊愁。朱簾繡柱圍黃鵠，錦纜牙檣起白鷗。回首可憐歌舞地，秦中自古帝王州。

注釋：曲江：在長安東南，其水曲折，故名。唐開元中疏鑿而廣之。南有芙蓉苑、西爲杏園、慈恩寺、北爲樂遊原，都人遊賞，盛於中和上巳節日。素秋：梁元帝《纂要》：「秋曰白藏、亦曰素秋。」花萼：唐玄宗於宮西南置樓，其西署曰：「花萼相輝之樓。」夾城：開元二十年、廣花萼樓，築夾城至芙蓉園、園與曲江相接。珠簾繡柱圍黃鵠：《西京雜記》：「昭陽殿織珠爲簾，繡帷爲柱，通繡作黃鵠文。」秦中：陝西爲古之秦國，故稱曰秦中。

論析：起筆「瞿唐峽」承前首「一卧滄江」而來，下接「曲江頭」仍是「望京華」之意。瞿唐至曲江，相去甚遠，本不相接；但寇盜縱橫，烽煙遍地；且瞿唐已秋，曲江更屬秋深，於先生眼中均籠罩於素秋風煙之中，而連成一片矣。起筆奇特，次句亦總束有力。

中四句乃申寫曲江事變前之景象。三、四句言明皇性極友愛，與諸王相聚，每自花萼樓，經夾城而至芙蓉園。「御氣」用一「通」字，便覺兄弟之間，何等融和。「邊愁」上用一「入」字，便覺事變之起，出人意外。正如長恨歌中所謂「漁陽鼙鼓動地來，驚破霓裳羽衣曲。」五、六句「珠簾繡柱……」言宮殿中之簾是珍珠織成，柱則圍以繡黃鵠文之帷幙，船纜是彩絲所編，船帆柱則飾以象牙，此二句極寫曲江宮苑與遊船之侈麗豪華。「起白鷗」言遊船所經水面，群鷗驚起，一片熱鬧。是爲所思之三。

七、八句以感慨作結。方說回想此歌舞之地，如此可愛，却忽轉出自古以來，秦中乃帝王所居之州，寇盜豈得覬覦。而不提及如今已面目全非，亦不言歌舞極盛，乃邊愁遽入之根，得詩人溫柔敦厚之旨。

七、

昆明池水漢時功，武帝旌旗在眼中。織女機絲虛夜月，石鯨鱗甲動秋風。波漂菰米沉雲黑，露冷蓮房墜粉紅。關塞極天惟鳥道，江湖滿地一漁翁。

注釋：昆明池：在長安城西南，周圍四十里，據地三百三十二頃。漢武帝元狩年間，修鑿以習水戰。東西岸立石刻織女牽牛，以象天河。又刻石爲鯨魚，長三丈。武帝治樓船，加旌旗其上，往來習戰，將以伐昆明也。菰米：蔬類植物，葉如蒲葦，中心生白薹，曰菰菜，俗謂之茭白。秋間結實如米。謂之菰米。極天：言其高峻也。江湖滿地：猶《論語》：「滔滔者天下皆是也。」

論析：因曲江而思及昆明池，是爲所思之四。昆明池爲漢元狩年間所修。因武帝將伐昆明，乃治樓船，加旗幟於其上，以習水戰。故起筆即讚美漢武，言昆明池之修鑿，可謂武帝武功之一。當日樓船往來，旌旗招展，戰鼓喧天之盛況，猶存於吾人心目之中。

中四句乃就池畔與池中景物，分兩層寫出。

三、四句寫池畔之織女石像及石刻之鯨魚。言織女機絲，本以織錦。今停梭不織，虛度此良好月夜，正如池之荒廢已久，辜負前人施設，至爲可惜。又池畔之石鯨，鱗甲皆動，鳴吼於秋風之中，正如今日強梁好逞，蠢蠢欲動之象。句中下一「虛」字，一「動」字，似暗示一切禍患之來，皆乘虛而動也。

五、六句寫池中景物。言際此素秋，池中呈一片蕭瑟之象。昔日樓船習戰，破浪乘風之盛況，已無踪影。只見菰米爲波所飄，遮蔽池面，若沉雲之黑。而蓮房紅粉，亦墜落於冷露之中。似喻武備不修，致寇盜蠭起，生靈塗炭也。

七、八轉入自身處境。言舉目遠望，關塞極天，往來閉塞，可通者惟有鳥道。處此險僻之地，縱有機緣，亦難得見。而蒿目時艱，天下滔滔，處江湖之遠而繫心君國如漁翁之我，縱有嘉謀，亦何補於世事哉！

八、

昆吾御宿自逶迤，紫閣峯陰入渼陂。紅豆啄餘鸚鵡粒，碧梧棲老鳳凰枝。
佳人拾翠春相問，仙侶同舟晚更移。彩筆昔曾干氣象，白頭吟望苦低垂。

注釋：昆吾：地名，有亭，在漢武帝所開上林苑中。御宿：地名，有苑，武帝曾宿於此，故名「御宿」。紫閣峯：在圭峯東，旭日射之，爛然而紫，在今鄠縣境。渼陂：水名，在陝西鄠縣西。即在圭峯之旁。《水經注》：「渼陂東北流注澇水。」逶迤：路長遠貌。鳳凰枝：相傳黃帝即位，鳳集東囿，棲梧樹，終身不去。拾翠：古者婦女春時採百草以爲娛樂。《荊楚歲時記》：「五月五日，有鬭百草之戲。」問：饋遺曰問。《詩經》：「雜珮以問之。」仙侶同舟：天寶年間，杜甫曾與岑參兄弟遊渼陂，有〈渼陂行〉及〈城西陂泛舟〉可證。另有〈與鄠縣源大少府宴渼陂（得寒字）〉等詩，或亦指此。彩筆：《南史》：「江淹少時，夢人授五色筆，由是文藻日新。」干氣象：干，犯也。涉也。氣象、無形質可見而相感應者曰氣。形於外者曰象。此處可作「受皇上讚賞，名動公卿」解。

論析：述己身寓居長安時生活之情況，爲所思之五。起筆羅列長安諸勝，皆己身所親歷者。言自昆吾、御宿逶迤而前，經紫閣峯陰而至渼陂。一路風光幽美，值此玉露既零，楓葉飄紅之際，想另有一種賞心悅目之景色。

三、四承以當時生活之舒適安樂，非筆墨所能一一道盡，乃以比喻寫出。言畜鸚鵡必飼以紅豆，而紅豆儲存豐富，鸚鵡啄之而有餘。鳳凰非梧桐不棲，既得碧梧棲止，鳳凰至老不去。以喻衣食之豐足與居所之安適，令人戀念難忘。

五、六句將當日遊樂盛況，分水陸兩層寫出。言陽春佳日，仕女如雲，佳人尋芳拾翠，互贈以爲娛樂。水上則有神仙朋侶，同舟遊玩，至晚遊興不減。當日曾不知人間尚有憂患似今日如此之甚也。

七句承上轉下，末句結束本章，亦結八首。言昔日曾於蓬萊宮獻三大禮賦，蒙皇上讚賞，名動公卿，如今白頭淪落，以生花妙筆寫此哀苦之詩，能不望京師而淚下，終至白首低垂，老眼難乾哉！

「彩筆干氣象」是何等風光，中間加「昔曾」二字，便覺一切已成陳迹，情隨事遷，感慨係之矣。

秋興八首總論：

首章爲八首之綱領。前四句寫「秋」，後四句爲「興」。次章「望京華」既由「故園心」而來。並以此「望」字爲骨幹。夕望、朝望、以至於日、日望。四章因望而有所思，以下各章皆寫所思之事物。末句「白頭吟望」，仍以「望」字作結，精神直貫到底。

題爲「秋興」，故每首無論明暗，皆點出「秋」字。如「叢菊」、「寒衣」、「蘆荻花」、「清秋燕子」、「秋江冷」、「驚歲晚」、「接素秋」、「動秋風」等都是。惟末章不寫秋而寫春，殆先生回憶少年春風得意之盛況，與今日衰暮如秋作一反襯，以見白頭吟望之苦也。

首章末句「白帝城高」、次章便以「夔府孤城」接之。末句「藤蘿月」，三章便以「朝暉」接之。末句「武陵裘馬」，四章便以「長安」接之。末句「平居有所思」，五章以下俱屬所思。以「蓬萊」接「故國」。六章以「瞿唐峽口」接「滄江」、「曲江頭」接「青瑣」。七章以「昆明池」接「秦中」，以「武帝」接「帝王州」。末句「漁翁」喻自己，故八章便以己身在長安情況接之。八首前後連貫，一氣呵成，倒置不得，增減不得，直可作一首讀。

金陵懷古

劉禹錫

王濬樓船下益州，金陵王氣黯然收。千尋鐵鎖沉江底，一片降幡出石頭。
人世幾回傷往事，山形依舊枕寒流。今逢四海為家日，故壘蕭蕭蘆荻秋。

注釋：王濬：晉人，爲羊祜參軍。祜薦爲巴郡太守，遷益州刺史。伐吳之役，濬治戰艦發成都。吳人置鐵鎖於江，以橫截之。濬燒斷鐵鎖，直抵石頭城，孫皓近降，吳平。船樓：船之大者，船上有樓也。益州：州名：漢置。今四川省地。王氣：謂望其地氣，當出天子也。千尋：八尺爲尋。千尋言其甚長。石頭：即石頭城，在今南京。吳建都於此。枕：做動詞用，傍於其上之意。寒流：秋江水冷，故曰寒流。

論析：開頭寫題中「金陵」、「古」，先從三國時代說起。言晉將王濬由益州治樓船、率大軍沿江東下，一路勢如破竹，直抵金陵城下。從此，金陵王者之氣便黯然消失。

三、四句申述東吳戰敗投降之經過，承上「黯然收」。言東吳已準備千尋鐵鎖，置於江中，以橫截王濬樓船，不料竟未發揮作用，反爲王濬用火攻焚斷，使鐵鎖沉於江底。吳王孫皓無力抵抗，只得在石頭城上豎起降旗，開門迎降。句中用「千尋」，形容鐵鎖之多之長。「一片」形容降幡之多之亂。兩者對比，令人覺勞民傷財；設此江上長城，原以爲可以固守；孰知國無將才，民無鬥志，山川之險，已不足恃，千尋鐵鎖又何補於事哉！

五、六寫「懷」，對此後歷代興亡，深致感嘆。言吳亡之後，在金陵建都者，尚有東晉、宋、齊、梁、陳諸王朝，紛紛擾擾，不知幾回興亡相繼。只有山川歷久不變，江水依舊從山下流過，山形依舊傍江水聳立，人世與之相比，直如煙雲過眼矣。

七、八句以當下所見作結。言如今四海一家，長江天塹，已無所用，遑論江面鐵鎖。至於所留舊壘，更無人問，只見長滿蘆荻，在秋風之中，蕭蕭作響，爲歷史留一物證，供後人憑弔而已。

七月二十九日崇讓宅讌作

李商隱

露如微霰下前池，風過迴塘萬竹悲。浮世本來多聚散，紅蕖何事亦離披。悠揚歸夢惟燈見，濩落生涯獨酒知。豈到白頭長只爾，嵩陽松雪有心期。

注釋：霰：俗曰雪珠。與雪本爲一物，特其形異耳。池塘：築土遏水，圓曰池，方曰塘。浮世：謂人生世上，虛浮無定也。蕖：荷花之別名。何事：猶言爲何。離披：開貌。悠揚：長遠貌。濩落：空廓無用之謂，此處作空虛無意義解。長只爾：謂永久只是如此。嵩陽：嵩山之陽。心期：兩相期許也。

論析：此詩乃崇讓宅讌後作。題中特點明二十九日。此日恐是小盡（月小），否則詩意未必有如是之悲。起句寫讌罷堂空，曲終客散之時，夜深人靜，但聞玉露似小雪珠般降落於荷花池中。風過迴塘四周之竹林，蕭蕭作響。回想日間開讌，群賢畢至，笙歌盈耳之盛況，不禁悲從中來。

三、四句寫出心中感觸。言人在世間，飄浮不定，聚散無常，本不足怪；只怪池中紅荷，本晝開夜合，今已夜深，爲何盛開，而呈將謝之狀耶？用問句寫出，並插一「亦」字，便覺作者心中苦悶，無以自解，反怪罪紅荷爲何有開有謝，與人事聚散相同？紅荷有知，其將如何以對？

五、六實寫自己近況。言隻身在外，事多拂戾，惟於悠長歸夢之中，一展歡顏。而夢時，四周無人。只有燈照見耳。此種空虛無意義之生活，其苦悶非他人所能了解。所謂「胸中壘塊，須以酒澆之。」酒入愁腸，自然分曉，故惟有酒獨能知也。

以上六句意境頹唐，七、八特扳轉過來，明言並非到老都如此蹉跎歲月，我將振作精神，在有一番作爲後，歸隱嵩山之陽，與山上青松白雲，久有心期，不至於孟浪一生也。

春雨　李商隱

悵臥新春白袷衣，白門寥落意多違。紅樓隔雨相望冷，珠箔飄燈獨自歸。
遠路應悲春晼晚，殘宵猶得夢依稀。玉璫緘札何由達？萬里雲羅一雁飛。

注釋：白袷衣：白色袷衣。古未仕者著白衣。白門：即今南京。詩中似指住處簡陋，有別於富貴人家之「朱門」。寥落：寂寞之意。相：代名詞，此代「紅樓」。珠箔：即珠簾。應：曾也。春晼晚：晼晚，謂太陽將下山也。春晼晚，意謂春天即將過去。依稀：猶彷彿也。玉璫：玉製耳璫。緘札：緘，封也。札：書信。雲羅：指雲淡薄如羅紋。

論析：首二句寫當時生活之苦況。言新春已屆，萬象更新，一切充滿希望。唯我蟄居白門，生涯寥落，心事多違。值此春寒料峭之際，非衣裘不暖；而我身著白色袷衣，既無錢製裝，亦未有職位，以發展所長，百無聊賴，只得悵然而臥矣。

三、四句承上「意多違」。言非無顯貴者爲己所素識，奈阻礙橫生，不得援引。其實，紅樓近在眼前，卻無法登門求見，只能隔雨凝望，直至夜幕低垂，樓上珠簾間已見燈火搖曳，方獨自回寓。夜雨衣單，固覺寒氣逼人，而失落之感，更冷上心頭。

五、六轉入回憶之中，言以前道路遠阻，無法相見，曾致慨於春光之流逝太快，機緣易失；但殘宵睡夢之中，猶能依稀晤面，稍慰相思。如今近在咫尺，卻只能隔雨相望，無由一通款曲，悵何如之！

七、八以寄望於雁作結。言只有寄望於一天雲羅之中，有雁同情於我，為我轉達玉璫、緘札，以表心意而已。

此詩前四句寫生活現況。點出題面「春雨」，後四句以虛筆回憶過去，並寄望於雁。蓋前說「新春」，後說「春晼晚」；前說「紅樓隔雨」，後說「遠路」「萬里雲羅」，時間、地點，皆不相同。

詩中述及「紅樓」、「玉璫」，似與女子有關，然觀起首二句之意，便覺與愛情無涉，或藉此以為喻耳。

「殘宵」二字妙，道出作者常徹夜相思，不能入睡，直至更殘漏盡，倦極而眠。若云：「夜深猶得夢依稀」，便是淺語。

無題　李商隱

昨夜星辰昨夜風，畫樓西畔桂堂東。身無彩鳳雙飛翼，心有靈犀一點通。
隔座送鈎春酒暖，分曹射覆蠟燈紅。嗟余聽鼓應官去，走馬蘭台類轉蓬。

注釋：鳳：鳥名。雄曰鳳，雌曰凰。羽毛呈彩色，雄者尤美，故以彩鳳自比。靈犀：即通天犀。犀角有白理如絲，通兩頭，表靈性。射覆：是一種遊戲。用相連字句隱物爲謎，使人猜射。應官：即「應卯」之意，猶今言「上班」。蘭臺：漢藏秘書之宮觀。後置蘭台令史，掌書奏。班固爲蘭台令史，受詔撰光武本紀，故史官亦稱蘭台。

論析：起筆奇特。雖從昨夜寫起，實言今夜作者竚立於畫樓之西，桂堂之東，仰望天空，依舊是星辰滿空，涼風拂面，周遭景物，一如昨夜；而空自竚候，伊人已不再見，大有物是人非之慨。三、四句承以此時心情，言兩情相悅，如靈犀之角，心意相通；只恨身非彩鳳，不能舉翼飛翔，立時與伊人會晤也。五、六句方補述昨夜歡聚情況，以證靈犀相通。鈎，酒鈎也。當飲者以鈎引杯。「隔座送鉤」乃特意勸酒，非順手斟來，一片柔情，使酒入歡腸，更加溫暖。酒後餘興，又在紅燈照耀之下，分成兩組，同作射覆遊戲。當此之時，何等快樂。可惜更漏已盡，須至官署辦公。以下不寫如何難分難捨，却說騎馬去蘭臺之時，走錯方向，類似蓬草左旋右轉。將失魂落魄之神態，刻畫入微。亦即首二句風露庭前竚立中宵之根由也。

無題　　李商隱

來是空言去絕蹤，月斜樓上五更鐘。夢為遠別啼難喚，書被催成墨未濃。
蠟照半籠金翡翠，麝熏微度繡芙蓉。劉郎已恨蓬山遠，更隔蓬山一萬重。

注釋：金翡翠：金屬製成之裝飾品，形如翡翠鳥。繡芙蓉：繡有芙蓉花之牀帳。劉郎：漢永平五年，劉晨阮肇共入天臺山，見二女子姿容絕妙，遂留半年而歸。蓬山：蓬萊仙山。更：愈甚之意。一萬重：重，複疊也。一萬重，猶言一萬倍。

論析：此詩無題，或別有寄託，惟就字面而論，似與一女子私情有關。

起筆突如其來。意謂自前日相會之後，即斷絕芳蹤。當時，曾約臨行前再來一敘，却成爲空話。次句妙、只言樓上月已西斜，五更鐘聲已響；不言自己相思久待之苦；而一夜不眠，望眼欲穿之狀況，已流露於字裏行間。

三、四敘久待而夢，因別而書，言久待失望之餘，依稀入夢。夢中見伊人遠去，臨行掩面而啼，自己傷心欲絕，却不敢公然呼喚伊人留住。及至一夢醒來，侍女來報，伊人果將啓程。乃匆匆寫就一書，交付傳去，墨色甚淡，未及磨濃也。

五、六寫呆坐樓中，睹物思人之狀。五句言蠟燭猶明，光照案頭陳設之金製翡翠，句中插「半籠」二字，蓋示昨夜並未熄燈就寢，五更燭已燒殘，光輝所照範圍，自然縮小。六句言麝香薰衣之氣味，仍微微從芙蓉帳中透出，猶似伊人來時光景。而其人已杳，能不悵然！

末以劉郎自喻，以蓬山喻伊人原來所居之處，想像此後相思之苦。言近在畫樓西畔，桂堂之東，猶恨阻礙重重，不易相見。如今，遠去天涯，消息難通，以前正如遠隔蓬山，如今又比蓬山遠隔一萬倍矣。

無題　李商隱

颯颯東風細雨來，芙蓉塘外有輕雷。金蟾齧鏁燒香入，玉虎牽絲汲井迴。
賈氏窺簾韓掾少，宓妃留枕魏王才。春心莫共花爭發，一寸相思一寸灰。

注釋：颯颯：風聲。金蟾：金屬製成之裝飾品，其形如蟾蜍。蟾善閉氣，古人用以飾鏁。鏁：用鎖。玉虎：井上轆轤也。賈氏：晉賈充之女。韓壽美姿容，賈充辟爲掾。充女見而悅之，與之私通。宓妃：洛水之神。魏王：即曹植。黃初中入朝，帝遺甄后玉鑲金帶枕。植後歸藩，息洛水上，夢見女子來，自言此枕乃我嫁時物，今與君王，用薦枕席。言訖不見。

論析：起筆用隱喻法。言颯颯東風忽挾細雨而來，芙蓉塘外，又有隱隱雷聲。此種天氣之遽變，正如人事之突遭事故，拂逆橫生。

三、四兩句以事實承之。言往日兩情相悅，常趁燒香，汲水之便，相約會面；而今，徒見金蟾齧鏁，井繩空懸，室邇人遙，無由一敘衷曲矣。

五、六句用襯托法。言古之情人，如賈氏窺簾，是愛韓壽年輕貌美。宓妃留枕，是因曹植多才。自己既無韓壽之美俊姿容，雖有才情，亦難與魏王相比。遭此感情上之打擊，亦非完全出於意料之外。

末二句是了徹語。言事已如此，只得將相思之情，勉強壓抑，不使其與春花競相生發；須知一切均成泡影，毫無希望，相思愈甚，愈覺心頭冷若死灰耳。

錦瑟　李商隱

錦瑟無端五十絃，一絃一柱思華年。莊生曉夢迷蝴蝶，望帝春心託杜鵑。
滄海月明珠有淚，藍田日暖玉生煙。此情可待成追憶，只是當時已惘然。

注釋：錦瑟：瑟，樂器。古爲五十絃，後改爲二十五絃。絃各有柱，可上下移動，以定聲之清濁高下。《緗素雜記》：「李義山錦瑟詩，山古道人讀之殊不曉其意，以問東坡。東坡云：此出《古今樂志》「錦瑟之爲器也，其絃五十，其柱如其聲，適怨清和。」劉貢父詩話以爲錦瑟乃當時貴人愛姬之名，義山因以寓意，非也。無端：猶言無因也。柱：琴瑟之所以繫絃者。華年：少年美好之歲月。莊生：即莊周。莊子：「昔者莊周夢爲蝴蝶，栩栩然蝴蝶也。俄然覺，則遽遽然周也。不知周之夢爲蝴蝶與？蝴蝶之夢爲周與？」望帝：古蜀主。《成都記》：「望帝魂化爲鳥，名曰杜鵑。」春心：因愛慕思念而生之哀傷心情。珠有淚：《述異記》：「鮫人水居如魚，不廢機織，眼泣則成珠。」藍田：山名。在藍田縣東，出美玉，故亦名玉山。可：豈也。那也。只是：就是也。惘然：渺茫恍惚之貌。

論析：此詩以錦瑟爲題，非詠錦瑟，殆藉以興起追懷往事之悲。

起筆言錦瑟之絃五十，柱亦五十，每一絃繫於一柱之上。此一絃一柱正如人生之一年一歲。不知錦瑟何因與現時二十五絃之瑟不同，亦猶人於不知不覺中，忽屆五十之年。面對此瑟，撫摩此一絃一柱，不禁追憶少年時美好之歲月矣。句中「思華年」三字，籠罩全篇。「無端」乃無緣無故之意，以下一切渺茫恍惚之意象，均由此二字而起。

三四援引故事以喻自己對往事之迷惘及情意之永不消失。昔日莊周夢中化為蝴蝶，蜀主望帝死後魂魄化為杜鵑。此二故事，一寓人生哲理，一屬社稷之悲。但以句中忽插入「曉」、「春」二字。便化為己有，以抒追憶往事，纏綿悱惻之情懷。蓋曉夢是天已明之殘夢，隨時可能醒來；而人生若夢，七十古稀，五十已近夢醒之時，而猶似莊周之迷惘，其情之深長可知。春心乃因愛慕思念而生之悲傷心情，不但不為時間流逝而消失，即死後，亦將如望帝魂化杜鵑，將心中之哀傷，泣血悲鳴於月夜之中。

五六以具體，間接之意象，描述己心之悲哀，及往事之不堪追索。言相思之淚，猶如滄海中鮫人所泣之珠，於皎潔月光之下，珠光淚光，融成一片。至於其人如玉之身影，猶在心頭眼底，而一切已渺茫恍惚，猶如藍田之玉，於豔陽照耀下，霞光化作輕烟，無處追尋。

末以「此情」二字總結全文。言此種情況，豈待成為追憶之往事，即在事故發生之當時，因事出突然，不能接受，而疑夢疑幻也。

過陳琳墓

溫庭筠

曾於青史見遺文，今日飄零過古墳。詞客有靈應識我，霸才無主始憐君。
石麟埋沒藏春草，銅雀荒涼對暮雲。莫怪臨風倍惆悵，欲將書劍學從軍。

注釋：陳琳：三國時文人，爲建安七子之一。青史：即史書。詞客：能文詞之人，此指陳琳。霸才：才能可爲霸者之佐。石麟：古人墓道上有石雕麒麟，爲守墓神物。銅雀：曹操曾築銅雀台，當時文人曾於此吟詩作賦。將：持也。與偕也。

論析：作者與陳琳時隔數百載，因路過其墓，却突然扯出一段關係來。言少年時，曾於青史之中，拜讀陳琳之遺文。尙友古人，可謂神交已久。今日經過墓前，自有一種親近之感。不意句中忽橫插「飄零」二字，將一團高興，化爲感慨萬千。言今日之我，遭遇堪憐，已非昔日讀遺文時，意氣風發之我矣。

三承首句。言陳琳若泉下有知，應認識曾讀其遺文之我，今日有緣，來其墓前憑弔。四承次句。言昔日我亦曾自許可爲霸者之佐，孰料江海飄零，無人賞識。昔日對陳琳霸才無主，尚未曾有憐惜之意；今日我亦懷才不遇，同病相憐，方覺君之無主，爲可憐可歎也。

五、六轉寫墓前景物。言墓道久無人掃，石雕麒麟已埋沒於春草之中。曹操所建之銅雀台，建安七子等文人曾於其上吟詩作賦。如今已風流雲散，一片荒涼，空對暮雲，無人懷念。

末兩句發抒自己一腔憤慨。言陳琳若泉下有知，莫怪我臨風佇立，倍感惆悵，憤而欲學從軍。蓋自古文人，空有文彩，雖可流傳千古；然「千秋萬世名，寂寞身後事。」倒不如當下建功立業，較爲實際，因此，我亦欲携帶書、劍，去學韜略，學武術，投筆從戎也。

利州南渡　溫庭筠

澹然空水帶斜暉，曲島蒼茫接翠微。波上馬嘶看棹去，柳邊人歇待船歸。數叢沙草羣鷗散，萬頃江田一鷺飛。誰解乘舟尋范蠡，五湖煙水獨忘機。

注釋：利州：地名。在今四川廣元縣。澹然：水搖動貌。蒼茫：無涯貌。翠微：有二解。一、山未及頂上，近旁陂陀之處。二、山氣青縹色。解：能也。會也。范蠡：春秋時楚人，佐越王滅吳後，乘舟泛於五湖。五湖：其說甚多。此處殆指太湖及其附近之湖。忘機：言與世無爭，心無機械也。

論析：開端寫利州渡頭附近山水，並點出時近黃昏。言空明之江水，上下搖動，似正引帶斜陽貼近水面。曲島之上，暮煙已起，迷濛一片，與遠山陂陀間雲氣相接。帶斜暉，一本作對斜暉，帶字似較生動。

三、四承上，並點出題面南渡。言已有渡船載人及馬匹向對岸航去；而此岸之人，只有或坐或立於柳蔭之下，等待渡船回來。由句中「看棹去」，可知此岸未趕上渡船者，心情之焦急。由「波上馬嘶」可知船上乘客紛亂喧譁之狀，亦可推知歇於柳邊之人，亦非靜靜等待。波上柳邊，形成一片熱鬧。

五、六句就字面而言，乃以人馬喧囂，打破渡頭附近之寂靜，以致沙灘草叢間，群鷗本已飛下歇息，如今又驚起四散。萬頃江田之上，惟有一鷺飛翔。其實，此二句之鷗散鷺飛，意不在景，乃在以「鷗鷺忘機」之故事（見前注），致慨於渡頭勞人，不知其究有何機事，必至此時，始紛紛欲歸，而驚散鷗鷺也。

落句由轉入合，以范蠡相諷。言誰能與世無爭，毫無機械之心，而擺脫塵勞，追隨范蠡之後，泛舟於五湖烟波之上也。

或謂渡頭勞人，多屬升斗小民。飛卿以范蠡相比，似覺不倫。不知飛卿此時身在利州，亦屬勞人，諷世實亦自諷。

咸陽城西門晚眺　許渾

獨上高城萬里愁，蒹葭楊柳似汀洲。溪雲初起日沉閣，山雨欲來風滿樓。鳥下綠蕪秦苑夕，蟬鳴黃葉漢宮秋。行人莫問前朝事，渭水寒聲晝夜流。

注釋：獨上：又做一上。蒹葭：蒹，水草也。荻之別名，與蘆同類。葭：蘆也。汀洲：水中小洲也。綠蕪：眾草茂生之處。苑：畜養禽獸處也。古謂之囿。寒聲：謂淒涼之聲。

論析：開端就題落筆。言作客他鄉，離家萬里。今日獨自登城遠眺，首先入目者，乃一片蒹葭楊柳，大似江南水鄉之汀洲景色，不禁勾起鄉愁。蓋仲晦為吳人，身在咸陽，故有離家萬里之歎。

三、四再寫望中景物。言時近黃昏，溪雲初起，斜陽之漸沉於遠處亭閣之下。山雨雖尚未來，而風勢已急，充滿城樓之中。此雖兩句，實是一景。蓋日沉閣時，溪雲初起；由雲之起，可知山兩欲來；雨尚未來，而風已滿樓。畫面分明，確是寫景妙手。

五、六句就眼前景物，發懷古之幽情。言此處乃秦漢宮苑所在之地，而秦皇漢武及一時風雲人物，而今安在？只有鳥下綠蕪之上，蟬鳴黃葉之中，對此深秋暮色，令人感歎。

落句由轉入合。言繁華如夢，回首成空。過往行人休問前朝之事。請看渭水帶淒涼之聲，日夜不停，向東流去，人生亦復如是。孔子曰：「逝者如斯，不舍晝夜。」然則我又何苦風塵僕僕，羈留萬里哉！

首句只點題中「城」字，未提咸陽。三句日沉閣點「晚」及「西門」，五、六秦苑、漢宮，八句渭水，方點出「咸陽」，中五句寫景，均是「晚眺」所見，已將題面一一點出，了無餘意。

經杜甫舊宅

雍陶

浣花溪裏花深處，為憶先生在蜀時。萬古只應留舊宅，千金無復換新詩！
沙崩水檻鷗飛盡，樹壓村橋馬過遲。山月不知人事變，夜來江上與誰期？

注釋：雍陶：成都人，唐玄宗大中八年自國子毛詩博士出刺簡州（今四川簡陽縣），有詩集一卷。浣花溪：在四川成都縣西五里，一名百花潭，杜甫故宅在此，謂之浣花草堂。爲憶：却憶也。只應：只是也。無復：猶言不再。檻：闌檻也。軒窗下之板。人事：人間之事。期：要約也。

論析：發端就題落筆。言浣花溪內花木扶疏之處，有杜甫先生舊宅—浣花草堂在焉。今日路過此地，回憶先生當年在蜀之時，窮愁老病，而猶心繫朝廷，念在民物，其一腔憂時憂民之忱，發爲新詩，蒼涼悲壯，正可謂驚風雨而泣鬼神。

三、四承上。言舊宅如今仍在，此後千秋萬世，亦將長保以爲紀念。然只是留此舊宅而已，而先生業已去世，後世縱備千金，亦難再得先生之新作矣。

五、六轉寫周遭景物。言臨水軒窗下，沙土崩塌。水中沙鷗已全部飛走，不再與人相親相近。村橋爲倒樹所壓，策馬難行。一切已非先生在時風貌，即七句所謂「人事變」也。

末句提出一問，以抒室邇人遙之慨。言人事已隨時間而改變，凡來此地者，莫不感觸生悲。只有空中明月，渾然不知，夜來依舊照臨江上。昔日，先生常於此對月懷人，思鄉思國，而今去世已久，明月復來江上，又與誰期約耶？

鷓鴣　鄭谷

煖戲煙蕪錦翼齊，品流應得近山雞。雨昏青草湖邊過，花落黃陵廟裏啼。

遊子乍聞征袖濕，佳人纔唱翠眉低。相呼相喚湘江曲，苦竹叢深春日西。

注釋：鷓鴣：鳥名。背灰蒼色，有紫赤色斑點，腹灰色，胸前有白圓點如真珠。其鳴聲如曰：「行不得也哥哥。」錦翼：錦爲美物，故借以爲美稱。翼，翅也。品流：猶言品種。山雞：鳥名。形似雉。愛其羽毛，照水則舞。青草湖：在湖南湘陰縣北，南接湘水，北通洞庭，湖多青草，故名。黃陵廟：黃陵，山名。濱洞庭湖，湘水由此入湖。相傳舜二妃墓在此，舊有廟，世謂之黃陵廟。苦竹：高六七丈，節長於他竹。四月間生筍，可食。

論析：詠物詩向以寫物而不直接道破爲工。此詩詠鷓鴣，亦句句與鷓鴣有關，却未說破，其中以頷聯雨昏花落兩句爲人稱誦，號爲鄭鷓鴣。

開端從鷓鴣之習性與形狀說起。言每當春季，日暖風和，展開美麗雙翅，飛翔逐戲於一川烟草之上。其品種應是近於山雞一類，羽毛艷麗，惹人喜愛。

三、四句以其活動情況承之。言常於煙雨迷濛之中，從青草湖邊飛過；於春殘花落之時、悲啼於黃陵廟裏。此二句雖用賦體，實含有比興之義。蓋鷓鴣啼聲，江南到處可聞。其獨以黃陵廟入詩者，乃以此爲舜二妃墓葬之地，而鷓鴣之聲，又如「行不得也哥哥」，於此雨昏花落之時，則鷓鴣之啼，亦猶二妃之哭，令人發思古之幽情也。

五、六句從側面寫聽者，歌者之感受。言天涯遊子，乍聞此「行不得也哥哥」之聲，自易勾起思鄉情緒而淚溼征袖。歌女當筵，一唱此哀怨淒涼之曲，則笑容頓歛，翠眉低垂。按鷓鴣爲樂調名，由許渾聽歌鷓鴣詩：「南國多情多豔詞，鷓鴣清怨繞梁飛。」及鄭谷遷客詩：「舞夜聞橫笛，可堪吹鷓鴣。」可證。

七、八回應上文。並另開一淒涼之境界。「相呼相喚」應「錦翼齊」。「湘江曲」應「青草湖」與「黃陵廟」。「苦竹叢深」應「廟裏啼」。「春日」應「煖戲」、「花落」。言每當春日西斜、湘江彎曲之處，苦竹叢深之中，相呼相喚，啼鳴不已、聞者不禁有身心茫然之感矣。

金聖歎曰：「前解寫鷓鴣，後解寫聞鷓鴣者。若不分解，豈非廟裏啼，江岸又啼耶？」

至於游子佳人何以「乍聞」、「纔唱」，竟如此激動、傷感？細玩結尾二句便可體會。蓋「苦竹叢深」喻聞者、歌者之境遇艱難，「春日西」喻隻身飄泊，淹留日久。既無歸期，又無親朋扶持慰藉，聞此相呼相喚之聲，情何以堪？能不淚沾衣袖，翠眉低歛哉！

貧女

秦韜玉

蓬門未識綺羅香，擬託良媒益自傷。誰愛風流高格調？共憐時世儉梳妝。敢將十指誇鍼巧，不把雙眉鬥畫長。苦恨年年壓金線，為他人作嫁衣裳。

注釋：蓬門：編蓬草爲門，喻窮苦人家。綺羅：絲織物。織素爲文曰綺。輕軟而有疏孔者曰羅。愛：喜愛也。一本作「念」。風流：與「時世」同，時下流行之義。猶今云時髦。格調：本指文詞之格律聲調，因亦謂人之品格曰格調。憐：愛也、惜也。苦恨：極恨也。壓：自上以力加之曰壓。此作「以指按之」解。

論析：發端用直敘法。言貧女生長蓬門，從未體會過富貴人家錦衣華服之生活情趣。本擬囑託良媒，覓一良好歸宿。却礙於禮法，不便進行；且縱有良媒可託，亦難有理想之結果。以致小姑獨處，年復一年，因而更自憐自傷。

頷聯寫託良媒無效之緣由。言如今社風浮華，競逐時髦。有誰憐惜時裝之靡費，而愛梳妝之節省，進而崇尚良好之品格，打破貧富界限，選擇貧女爲妻室哉！

五、六句轉寫自家擅長之女紅及賢淑之品德。言甘願自力謀生，以十指作女紅。憑針線之精巧，受人誇讚；也不去和他人比賽美貌，將雙眉畫長，取悅於人。

七、八由轉入合，將貧女心中之苦悶、憤慨傾吐出來。言心中所極恨者，乃年年壓線，消耗精力與青春，卻不是爲自己縫製，而是爲他人作嫁時衣裳而已。

此詩若另有寄託，似喻寒窗苦讀之士，抱道自重，不願降低品格，趨附權貴；以致淪於下位，爲人作嫁，自己卻毫無成就，豈不可悲。

頷聯中，「風流」與「時世」互文同義。由張相詩詞曲語詞滙釋所舉白居易江南喜逢蕭九徹詩：「時世高梳髻，風流澹作妝。」又代書寄徵之詩：「風流誇墮髻，時世鬬啼眉。」均以「時世」與「風流」作對可證。

卷下

宋詞選說

說詞引言

詞又名詩餘，與詩雖屬一理，然亦有不盡同者：詩顯直而詞隱婉，詩貴暢達而詞尙蘊藉；故讀詞者，體會其意，較詩爲難。惟先賢論詞之著，已有倫脊；苟循尋軌迹，精心沉思，辨其造境、謀篇、運筆之妙，亦不難窺其大略。

詞之境界，乃詞人有感觸時，所捕獲之須臾之物，其內含不外情、景而已。表現之法，有即景抒情，有緣情寫景；即景抒情，乃因景物而觸動懷抱也。緣情寫景者，以我觀物，物皆著我之色彩，固不必問他人之感觸爲何如也。北宋詞人，最善此法；故其作品多珠圓玉潤，四照玲瓏。迨至南宋，一變而爲即事做景，使深者反淺，曲者反直矣。

詞雖取材於自然，然須講求結構，方爲佳製。若徒事餖飣，語意不接，便如「七寶樓台，眩人耳目，折碎下來，不成片段」。或條理不明，詞意晦澀，則令人有「霧裏看花，終隔一層」之憾。而詞之運筆，更須虛實相涵；化實爲虛，尤爲高境。以感觸言，情意爲虛，景物爲實。有先敍景物，後抒情意者，亦有先寫情意而後叙景物者；先景後情者，多沉重之筆。先情後景者，具飄逸之致。以時間言，過去爲虛，當前爲實。有先回想當年而後折入現況，以抒其悲歡之情者；亦有先將眼前情景，一一寫出，再回想昔日，與之對比，以致其滄桑之感者。北宋詞，大多如此，故其詞沉鬱頓挫，反覆纏綿。

南宋以後，多敍眼前之景，說心中之事，無虛實之分。至王沂孫、史達祖諸家，雖工於詠物，以托意爲高；但一直說去，且不免斧鑿之痕，殊乏頓挫深婉之致。

以上所述，乃爲初學者略示門徑。惟空談無益，特選晏幾道、柳永、秦觀、蘇軾、賀鑄、周邦彥、李清照、辛棄疾、姜夔、史達祖、吳文英、王沂孫、張炎諸名家之作三十一首，粗爲解說，學者苟能細心體會，反覆諷詠，諒能豁然了悟，別有會心焉。

鷓鴣天

晏幾道

彩袖殷勤捧玉鍾。當年拚却醉顏紅。舞低楊柳樓心月，歌盡桃花扇底風。

從別後，憶相逢。幾回魂夢與君同。今宵賸把銀釭照，猶恐相逢是夢中。

注釋：彩袖：代表女性之手臂，此句指商女。玉鍾：即玉盅。以玉雕成之飲酒器也。拚却：甘願之意。却，助詞，用於動詞之後。樓心：即樓中。桃花扇：古時美人掩扇而歌，故有歌扇之稱。桃花狀其扇之精美。憶：念也。賸：儘也，同剩，謂所餘者。把：持也。銀釭：即銀製之燈盞。

論析：此詞乃敘別後重逢，又驚又喜之情。起拍就眼前實況，勾起往事之回憶。言美人親捧玉盅，殷勤勸酒，此一情景，今昔所同。次句「當年」一本作「當筵」，言面對此柔情蜜意，最難消受；何況當年場面又極其豪華、熱鬧，只有拚却臉紅，暢飲就醉。三、四句便以當時歌舞之盛況承之。三句中「舞低楊柳樓心月」之「低」字，與蘇軾〈水調歌頭〉「轉朱閣，低綺戶」之「低」字意同。言舞者於楊柳樓中，更番獻舞，直至明月西沉，天將破曉。

四句「桃花扇底風」之風，亦指舞者而言，由徐陵雜曲「舞衫回袖勝春風，歌扇當窗似秋月」可證。句中「歌盡」之意，乃言歌者亦更番持扇而歌，直至舞者演畢，歌聲方止歇也。此二句對仗工麗，頗饒雍容華貴之氣象，晁補之謂「知此人不住三家村」。

換頭三句承上起下，先敘別後相思之苦。言別後，日夜縈懷，以致多次曾於夢中與君相聚，但夢境畢竟虛幻不實，醒後反增愁苦。下以「今宵」二字拍到目前，言今宵真再聚首，反疑而不信，仍以爲身在夢中；於是手持銀釭，仔細觀看，一若非燈映照，不足證明與前夢無異者。此句「賸」字多作「儘」字解，愚意「賸」同「剩」，謂所餘者。蓋作者生於富貴之家，但仕途連蹇，僅作監潁昌許田鎭稅之小官，平凡度共一生。此次重逢，恐已非昔日場面。昔日華燈如晝，紙醉金迷；今日相逢，只剩以銀釭相照，一若非把銀釭則無以辨認清晰者，作者盛衰之感，隱寓於重逢驚喜之中，其措詞之含蓄、細膩，筆勢之夭矯迴旋，較杜甫〈羌村〉詩「夜闌更秉燭，相對如夢寐。」司空曙〈雲陽館與韓紳宿別〉詩「乍見翻疑夢，相悲各問年。」有過之而無不及。

臨江仙

晏幾道

夢後樓台高鎖，酒醒簾幙低垂。去年春恨却來時，落花人獨立，微雨燕雙飛。
記得小蘋初見，兩重心字羅衣。琵琶絃上說相思。當時明月在，曾照彩雲歸。

注釋：却：正也。再也。小蘋，彩雲：歌姬之名。小山詞序有蓮、鴻、蘋、雲皆人名。宋六十家詞謂蓮紅、蘋雲是二歌姬名。兩重：兩層也。心字羅衣：古代女子衣曲領似心字。一說用盤成心字形之香薰過。琵琶：四絃樂器。本出於胡中，馬上所鼓。推手前曰琵。引手却曰琶。舊皆用木撥，後用手，今多有用六絃者。

論析：此小山詞傳誦之作。細尋詞意，當係對月懷人。首二句「樓台」、「簾幙」、點明伊人昔日所居之處。「高鎖」、「低垂」，寫人去樓空之象。「夢後」、「酒醒」，指出最思憶之時。第三句承上起下。言去年春恨，正由於人去而生；如今時值暮春，此恨又重上心頭。以下不寫今日心情之惆悵、苦悶，而出之以極淡雅清麗之筆。追寫去年春恨時之情景。「落花」、

「微雨」承「春」字，「人獨立」、「燕雙飛」，相形之下，不言「恨」而恨已至極矣。

換頭追憶往事，以「記得」二字領起。言猶記小蘋初見之時，身著兩層心字形曲領之羅衣。不但貌美，才藝亦精；手彈琵琶相思之曲，如泣如訴，動人心絃。至於其他諸姬，如彩雲等，亦一時之選。如今，風流雲散，一切成空；但天上明月，依舊當空；今夜之月，即當時曾照彩雲歸去之月也。「歸」字繳回樓台簾幙之意。「明月」繳回夢後、酒醒之時。蓋小山出身顯宦之家，歌姬眾多，自不待言。小山詞序謂其「費資千百萬，家人寒飢，而面有孺子之色，此又一癡也。人百負之而不恨，已信之終不疑其欺已，此又一癡也。」可知晚景不甚如意，此殆為歌姬星散之根由與？

雨霖鈴

柳永

寒蟬淒切。對長亭晚，驟雨初歇。都門帳飲無緒，方留戀處，蘭舟催發。執手相看淚眼，竟無語凝噎。念去去，千里煙波，暮靄沉沉楚天闊。

多情自古傷離別，更那堪，冷落清秋節？今宵酒醒何處？楊柳岸，曉風殘月。此去經年，應是良辰好景虛設。便縱有，千種風情，更與何人說？

注釋：寒蟬：蟬之一種。胸背有黑綠斑紋。秋季鳴於日暮，其聲幽柳。淒切：謂聲之淒哀。長亭：古時驛站，十里一長亭，五里一短亭，供行人歇息，亦爲送別之處。都門：都中里門也。今通稱京師爲都門。帳飲：謂餞別也。古人於道旁設棚帳，以飲食餞行。蘭舟：即木蘭舟，船之美稱。凝噎：謂咽喉梗塞，語不成聲也。去去：即行行重行行之意。楚天：楚在南，故稱南天爲楚天。風情：指風月之情懷。

論析：上半闋寓情於景。寒蟬點明時值清秋。長亭點明啓行之地。驟雨初歇，寫當時天氣，並爲下句蘭舟催發張本。宋人詞寫景，每從聲色兩面下筆。言耳聽寒蟬淒切之聲，面對長亭日暮，驟雨初歇之景色，情何以堪！以起下句「帳飲無緒」之意。都門帳飲，點出別筵。以下爲惜別正文。言正留戀難分之際，無情舟子，却來催發。當此之時，本有滿腹離愁，急待傾訴；熟料心煩緒亂，不知從何說起，竟執手相看，無語嗚咽，淚珠盈睫而已。如此著筆，寫「留戀處」之神情，生動逼真，確是白描聖手。下句從「無語」二字轉出。言想及別後，烟波千里，人去天涯，悵然遠望，只見楚天空濶，暮靄沉沉，不知何日再能把晤，更覺傷情矣。暮靄沉沉應次句「晚」字。千里煙波是想像，暮靄沉沉是實景。

下半闋抒情。先作泛論，見傷離惜別，自古皆然。用「更那堪」三字，更進一層說到自身，便覺如此傷懷，實非得已。「冷落清秋」應首句「寒蟬淒切」，再由上半闋「帳飲」想到今宵酒醒，語語有根。下用問答法，推想出別後酒醒之心情。「楊柳岸，曉風殘月」七字寓情於景，清幽渾脫，允爲千古絕唱。自「此去經年」以下，一腔離恨，不可遏抑，盡情傾倒而出。言此後歲月悠悠，雖逢良辰美景，亦應無心賞玩，勢成虛設，便縱有千種風情，更向誰訴說耶？

此闋敘時間，由「晚」推至「今宵」，由「今宵」推至「此去經年」。

敘地點由「長亭」推至「烟波」江上，由「烟波」江上推至「楊柳岸」。敘酒，由「帳飲」推至「酒醒」。層次分明，一絲不亂。下半闋連用三問句，不僅搖曳生姿，更覺一往情深，耐人尋味。

耆卿風流俊邁，詞名藉甚。由末句「千種風情」，可推知此詞殆係應教坊所求，非友朋惜別紀實之作。

八聲甘州　柳永

對瀟瀟暮雨灑江天，一番洗清秋。漸霜風淒緊，關河冷落，殘照當樓。是處紅衰翠減，苒苒物華休。惟有長江水，無語東流。

不忍登高臨遠，望故鄉渺邈，歸思難收。歎年來蹤跡，何事苦淹留！想佳人妝樓長望，誤幾回天際識歸舟。爭知我倚闌干處，正恁凝愁！

注釋：瀟瀟：雨勢飄忽貌。漸：旋也。還又也。霜風：猶言寒風。淒緊：謂風勢大而冷。關河：猶言山河。是處：猶言處處。紅衰翠減：紅指花、翠指草，意謂花草凋零。苒苒：盛貌。物華：謂山川草木之風景也。休：謂凋零蕭條。淹留：久留也。顒望：顒，嚴正貌。顒望，意謂凝神遠望。爭：怎也。恁：俗言如此。

論析：劈頭下一「對」字，令人覺瀟瀟暮雨，乃眼前實景；下忽接以「一番」二字，便又化實爲虛，點出登樓遠眺，乃在江天經暮雨灑洗之後，如此著筆，有水上波紋，旋生旋滅之妙。「灑」字寫秋雨如絲之狀。「洗」字與「灑」字呼應，且暗起下五句流年暗換之意。下用「漸」字領起，總寫心頭眼底之所見所感。就一年言，霜風凄緊，已至秋深。就一日言，殘照當樓，已近薄暮。就大地景物而言，關河已冷落。「是處」二字承關河，衰、減、休、承冷落；極力鋪敘。言處處紅衰翠減，昔日繁盛，今已消逝；一切均已改變，所不變者，惟有江水依舊東流而已。加「無語」二字，更不勝逝者如斯之感。

「霜風凄緊，關河冷落，殘照當樓。」三句，蒼涼悲壯，與太白憶秦娥：「西風殘照、漢家陵闕。」意境差似，故東坡亦驚賞其「不滅唐人高處」

也。

下半闋抒情。先言不忍登高臨遠，乃因故鄉渺邈，一望則相思不已故也。「不忍」二字妙，既言不忍，却又登高遠望，寫遊子之心情，曲折入微。「歸思難收」四字，乃末句「凝愁」根由。下用一「歎」、一「想」二字領起，分承上句之意。由「故鄉渺邈」，而自嘆年來飄泊天涯，究因何事，苦苦淹留，不及早歸去。由自己「登高臨遠」，又遙想閨中少婦亦正妝樓長望，幾回誤識歸舟。（此句殆從溫庭筠詞「梳洗罷、獨倚望江樓。過盡千帆皆不是，斜暉脈脈水悠悠，腸斷白蘋洲。」中化出）末句再作一轉，言我雖知他妝樓長望，她或不知我正恁凝愁。她若知我如此，愁苦或可稍釋；但山遙水闊，音信難通，我又淹留不歸，則她怎知我今日之正恁凝愁也。

「望」字乃一篇之骨幹。起筆用「對」字寫當前所見景物，下半闋又分「望故鄉」、「望歸舟」、兩方面下筆，最後結穴在「凝愁」二字。

滿江紅

桐川

柳永

暮雨初收，長江靜，征帆夜落。臨島嶼，蓼煙疎淡，葦風蕭索。幾許漁人橫短艇，盡將燈火歸村郭。遣行客到此念回程，傷漂泊。

桐江好，煙漠漠，波似染，山如削。遶嚴陵灘畔，鷺飛魚躍。遊宦區區成底事？平生況有林泉約。歸去來，一曲仲宣樓，從軍樂。

注釋：征帆：謂遠行之舟。疎淡：謂稀疎不濃也。蕭索：少也。微也。遣：使也。桐江：水名。在浙江桐廬縣境，合桐溪曰桐江。嚴陵灘：在浙江桐廬縣南。《水經注》：「自桐廬至於潛，凡十有六瀨，第二是嚴陵瀨。」東漢初，名士嚴光字子陵隱居垂釣於此，因以得名。水流沙上或水湍急之處，曰瀨，與灘義略同。底事：何事也。歸去來：猶言回去，來助詞。仲宣樓：王粲，三國魏人，字仲宣，爲建安七子之一。避亂依劉表於荊州。曾作〈登樓賦〉。

論析：上半闋分三節寫征途之苦。先從暮雨初收說起。於「江」字下著一「靜」字，又於征帆下著一「夜」字，暗示適來雨中行舟，風急浪險，一路巔簸不堪，至夜方能落帆停泊，此旅途苦況一也。臨島嶼，點明停泊之地。既已落帆停泊，當可稍事休息，活動；奈島嶼極小，僅有漁村。放眼四望，只見蓼煙疎淡，葦風蕭索，一片荒涼，實非停泊之地；而夜幕已垂，不得不停，此旅途苦況二也。岸邊漁舟自橫，（用唐人「野渡無人舟自横」詩意。）島上燈火點點，漁人已盡歸家，而我猶孤臥舟中，此旅途苦況三也。行文至此，雖無隻字言苦，但字裏行間，已充滿悲涼意味。如此著筆，自是大家本色。末句下一「遣」字，總結上文，拍到自身。言到此無可奈何之境，實不勝天涯飄泊之悲，欲不思歸，而情亦不能自已矣。

換頭承上「念回程」之意。蓋耆卿故鄉遠在崇安，桐江乃回程經過之路。用「好」字領起下四句。言桐江輕烟漠漠，江中波綠似染，江旁山峭如削，圍繞於嚴陵灘畔者，則鷺飛魚躍，生意盎然。與目前停泊之地，一片荒涼，四顧茫茫相較，實有天壤之殊，以起下文歸去之思。再用「遊宦區區成底事？平生況有林泉約。」二句，分兩層說出不可不歸之理。言桐江如此美景，而遊宦他鄉，久滯不歸；若有成就，辛苦尚有代價，乃自身亦不知究成何事。何況舊有林泉之約，欲效嚴子陵隱釣已久耶！以上均摩空作勢，至末句，方說出心意。言歸哉！歸哉！歸去桐江之後，當效王仲宣作從軍行，以便登樓高歌一曲也。按王粲於建安二十年從征張魯，二十一年從征吳，作從軍詩五首。篇首有「從軍有苦樂」，末有「詩人美樂土、雖客猶願留。」之句。耆卿蓋取其意，以爲桐江美好，雖非故土，亦願長留終老也。

題爲桐川。玩詞意，蓋作於長江夜泊之時，桐江乃當時所想念者。

晝夜樂

柳永

洞房記得初相遇，便只合長相聚。何期小會幽歡，變作別離情緒。況值闌珊春色暮，對滿目亂花狂絮，直恐好風光，盡隨伊歸去。

一場寂寞憑誰訴，算前言總輕負。早知恁地難拚，悔不當初留住。其奈風流端正外，更別有繫人心處。一日不思量，也攢眉千度。

注釋：洞房：謂深邃之室也。今專指新婚之室。合：應當也。長：永久也。小會：短暫之聚會。幽歡：秘密之歡聚。闌珊：衰落也。直：但也。難拚：難割捨之意。千度：猶言千次。

論析：以追憶往事作起。洞房乃相遇之地。初次相遇，即在洞房之中，則爲青樓之妓可知。其洞房春暖，一見鍾情之歡樂情況，不肯直接道來；却用「便只合長相聚」六字輕輕帶過，既含蓄有味，且爲下文作勢，若似不應不長相聚者。下用「何期」二字拍轉，言本應長相聚者，孰料僅此小會，便倏爾分手，歡樂反爲別離情緒矣。春色暮，點明時令。用「況」字推進一層，言値此春色闌珊之際，獨對滿目亂花狂絮，更覺離愁難禁。末句更進一層，作盡情之語。言伊人已去，別緒縈懷，不僅覺絮飛花落，大好風光，隨春而俱去，只恐所有好風光，亦均將隨伊而去也。

此片純用虛字轉接，大開大闔，極似散文。吳梅所謂「多直寫、無比興、亦無寄託」，殆即指此等詞也。換頭用「一場寂寞」，籠括上文。「憑誰訴」，「總輕負」，似責伊人薄情。「總」字包括多少甜言蜜語，海誓山盟，而今却輕易辜負；如此薄情，不悔當初相遇，却言「悔不當初留住」，一往情深，令人心惻。「其奈」一轉妙，其辭若有憾焉。言當初既未留住，如今又輕負前言，本當不再思念；無奈伊人除風流端正而外，更別有繫人心之處，使人情不能已。「風流端正」，指容態而言。「繫人心處」四字，所指已涉淫媟。然詞本管絃冶蕩之音，亦不足爲耆卿深病也。末句用反筆總結相思之苦。言「一日不思量，也攢眉千度，」則日日思量，其苦尚可言說耶？

元馬致遠〈漢宮秋〉：「不思量，除非是鐵心腸。鐵心腸，也愁淚滴千行！」似由此脫化而出。

望海潮

秦觀

梅英疏淡，冰澌融洩，東風暗換年華。金谷俊游，銅駝巷陌，新晴細履平沙。長記誤隨車，正絮翻蝶舞，芳思交加。柳下桃蹊，亂分春色到人家。

西園夜飲鳴笳，有華燈礙月，飛蓋妨花。蘭苑未空，行人漸老，重來是事堪嗟！煙暝酒旗斜。但倚樓極目，時見棲鴉。無奈歸心，暗隨流水到天涯。

注釋：梅英疏淡：謂梅花稀疏謝落也。冰澌：冰解而流也。融洩：動貌。金谷：地名。在河南洛陽縣西。石崇有別廬在金谷澗中，即世所傳金谷園也。銅駝巷陌：洛陽有銅駝街。俗諺：「金馬門外集眾賢，銅駝陌上集少年。」俊遊：謂勝侶也。細履：緩步徐行也。芳思：謂觸景而生之美情思。交加：錯雜之意。西園：宋蘇軾、黃庭堅、秦觀、晁無咎諸人嘗作集會，時人繪為西園雅集圖。飛蓋：車上可以禦雨而蔽日者曰蓋。飛蓋：謂車行甚速也。蘭苑：蘭，香草名。形容美好之事物。蘭苑：謂幽美之遊樂處。

論析：起筆由景入情。言見梅已疏淡，冰已融泮，乃知東風吹至，大地春回；年華如此暗中偷換，實令人觸目驚心。暗換二字雖指年華，實已籠罩下文一切景物、人事之變遷，是乃一篇之眼目。「銅駝」、「金谷」、點明重遊之地。「平沙」暗示綠草未生，時方初春，與梅疏冰融呼應。「新晴細履平沙」一語，清幽瑩潔，耐人尋味。金谷園中，銅駝陌上，於此雨後初晴，人多結伴同遊，而我却踽踽獨行於平沙之上，寂寞可知；因而憶及當年樂事。以「長記」二字領起。言以前於此遊玩，正值絮翻蝶舞，撩人情思之時，遊興倍濃，於不知不覺中，誤隨車而行，穿柳下、度桃蹊，進入一風光旖旎之境界。「誤」字妙，大有武陵人誤入桃源之概。「亂分」字、「到」字、思路幽絕。言處處柳綠桃紅，無限春色，均為此處之人家所分享也。

換頭緊承前結。言隨車後，夜晚於西園暢飲，一時酒綠燈紅，笙歌盈耳，歡樂無央。「華燈礙月，飛蓋妨花。」八字，殆由曹植〈公讌詩〉：「清夜遊西園、飛蓋相追隨。」想出，而造語工麗，開後世不少法門。所述長記之前度勝遊，至此已盡；下用「蘭苑未空，行人漸老，」一承一轉，再用「重來是事堪嗟」，拍到目前，既與「暗換」二字遙遙呼應，復左顧右盼，籠罩全篇。是事堪嗟，即事事堪嗟之意。年華暗換，行人漸老，此堪嗟之事一也。「烟暝、酒旗斜，」眼前一片冷落，非復當年華燈飛蓋，絮翻蝶舞之熱鬧繁華可比，此堪嗟之事二也。昔日西園歡宴，勝友如雲，今日但倚樓極目，時見棲鴉，此堪嗟之事三也。棲鴉非指樹上棲憩者而言。乃指鴉正回巢，此意由「時見」二字可知。「無奈」非轉筆，乃無可奈何之意，以狀歸心之迫切。言極目天涯，只見歸鴉陣陣，鄉思不禁油然而生；身在樓頭，而心實已暗隨流水，遠至天涯故鄉矣。

前結言隨車到人家，後結言隨水到天涯；一身一心，一誤一無奈，形成強烈對照，其飄泊之悲，今昔之感，寫來淒婉動人，自是少游本色。

滿庭芳

秦觀

山抹微雲，天黏衰草，畫角聲斷譙門。暫停征棹，聊共引離尊。多少蓬萊舊事，空回首，煙靄紛紛。斜陽外，寒鴉數點，流水遶孤村。

消魂！當此際，香囊暗解，羅帶輕分。漫贏得青樓薄倖名存。此去何時見也？襟袖上空染啼痕。傷情處，高城望斷，燈火已黃昏。

注釋：畫角：古軍樂，形如竹筒，長五尺，外加彩繪，故曰畫角。其聲哀厲高亢，軍中用以警昏曉。譙門：謂門上爲高樓以望遠者。征棹：猶征帆。尊：同樽即酒杯。蓬萊舊事：程公辟守會稽，少遊客焉，寓於蓬萊館中。曾戀一女子，後回憶而作此詞。見藝苑雌黃。香囊：即女子所佩之香荷包。薄倖：猶薄情。望斷：猶云望盡或望煞。

論析：入手先從聲色兩面寫別時情景。微雲、畫角點出時近黃昏。衰草點出季屬深秋。以抹、黏二字描繪山頭微雲、天際衰草，與譙門所傳來畫角之聲，構成一極凄清之境界。如此著筆，不言離別，已令人黯然消魂矣。暫停征棹，點出餞別之地。征棹僅爲引離尊而暫停，則其不得稍留可知。著一「聊」字，更將當時無可奈何之心情刻畫出來。以下由離尊而憶及往事，却用「多少」二字括之。言多少蓬萊舊事，如今已回首成空，模糊一片，直似眼前紛紛烟靄而已。「斜陽外」三句，明是寫景，實亦寄慨。蓋往事既不堪回首，而悵望前途，斜陽外水繞孤村，寒鴉已紛紛回林；而己身猶遠去天涯，行蹤靡定，其離別之悲，飄泊之感，不肯直接道來，而一寓於景色之中，出之以清麗淡雅之筆，真如張叔夏所謂「咀嚼無滓，久而知味」者也。

換頭「消魂」二字，承上起下，筆力千鈞。下即就消魂之意分兩層說來。言於此臨別之際，彼美曾暗解香囊以贈，一往情深；而我却啓舟竟去，曾不稍留，舊歡如夢，空贏得青樓薄倖之名，（此句由樂天「十年一覺揚州夢，贏得青樓薄倖名。」脫化而來）此黯然消魂者一也。若以後能再相見。離懷或可稍釋；奈天涯飄泊，後會難期。「此去何時見也」？用問句寫出，不僅行文跳脫有致，且將當時心口相商之情態活畫出來。彼美臨歧灑淚，染我襟袖，如此情景，而我却再見之期，亦不可知。殊負彼美之意，則襟袖上之啼痕亦僅屬空染而已，此黯然消魂者二也。最後以虛筆作結，與上文空回首呼應。韻遠思幽，令人叫絕。言蓬萊舊事既回首成空，則眼前之別筵離尊，於分手後，亦將恍如一夢，彼時痴立船頭，悵然遠望高城燈火，更覺傷情矣。

詞中三次寫景，所以不覺其重複者，因時間有黃昏前後之分，地點有河畔與舟中之別，動作有前瞻與回望之殊，且寫景處，即蘊藏其情意故也。此詞抒情婉轉，寫景清麗，實已達爐火純青之境，於淮海詞中當爲壓卷之作。

踏莎行　郴州旅舍

秦觀

霧失樓台，月迷津渡，桃源望斷無尋處。可堪孤館閉春寒，杜鵑聲裏斜陽暮。
驛寄梅花，魚傳尺素，砌成此恨無窮數。郴江幸自遶郴山，為誰流下瀟湘去！

注釋：津渡：謂濟渡處也。桃源：指桃花源。爲陶潛理想中之樂土。館：謂驛站之房舍，供客商住宿之處。驛寄梅花：〈荊州記〉：「陸凱與范曄善，自江南寄梅花至長安與曄，並贈詩曰：折梅逢驛使，寄與隴頭人，江南無所有，聊贈一枝春。」魚傳尺素：白絹曰素。古人爲書，多寫於絹。古樂府：「客從遠方來，遺我雙鯉魚，呼兒烹鯉魚，中有尺素書。」郴江：亦名郴水。出自郴州城南之黃芩山。幸自：本自也。爲誰：爲何也。

論析：少游於紹聖初坐黨籍削秩，監處州酒稅，徙郴州。此詞即係當時之作。起筆虛寫景物，以喻其不幸之遭遇。言濃霧瀰漫，樓台已失其所在；月色迷離，津渡亦不知究在何處。喻己身遭受黨禍，遠謫郴州，俯仰天地，不勝窮途末路之悲。人生到此，對紛擾紅塵，已覺無可留戀，於是由本地風光想出桃源，或可安身立命；奈仙境飄渺，無處可尋，僅空勞想望而已。如此著筆，已心灰意盡，下再用「可堪」二字領起，更進一層拍到目前事實。一變其淡雅哀婉之風格，作極淒厲之語，如巫峽猿啼，令人不忍卒讀。孤館點飄泊之身，春寒點節令，斜陽暮點時間。言遠謫天涯，春寒料峭，耳聽杜鵑不如歸去之聲，目覩斜陽西下，暮色四垂之景，閉門獨處，百無聊賴，人非木石，何能堪此耶！

換頭用宋人詩「折梅逢驛使，寄與隴頭人」及古詩「客從遠方來，遺我雙鯉魚」之意，叙己對天末故人及家鄉親屬之懷念。砌成句明承暗轉，言雖可音信互通，但道里雲遙，不僅未足解相思勞結，反砌成無窮愁恨。此恨究係何恨？未作明言，却用郴江郴山作譬。言郴江發源郴山，本自遶郴山而流，不知爲何流下瀟湘，一去不回；以喻己身本欲在朝廷效力，藉展懷抱，不知爲何竟遭貶謫，而遠來此郴州也。以一去不回之江水，喻己之遠謫，可見其心情之惡劣，似已預知不得生還。如此作結，雖極淒苦；但餘音嫋嫋，韻味無窮。王國維譏東坡賞其後二語爲皮相，似非知言。

千秋歲　　秦觀

謫虔卅作

水邊沙外，城郭春寒退。花影亂，鶯聲碎。漂零疏酒盞，離別寬衣帶。人不見，碧雲暮合空相對。

憶昔西池會，鵷鷺同飛蓋。攜手處，今誰在？日邊清夢斷，鏡裏朱顏改。春去也，飛紅萬點愁如海！

注釋：虔州：即今贛縣。西池：殆指西園。注見前。魏文帝〈芙蓉池詩〉：「乘輦夜行遊，消遙步西園。」鵷鷺：謂朝官之行列，如鵷與鷺之整齊而有序也。
日邊：喻禁近之地。清夢：空虛之夢。朱顏：猶紅顏。此指少年人之面容。

論析：此客地懷人之作。入手點明出遊之地，在水邊沙外，城郭之間。「春寒退」點明時令。「花影亂、鶯聲碎。」從聲色兩面寫暮春景色。「亂」、「碎」二字明寫花鳥，實暗用杜甫詩「感時花濺淚，恨別鳥驚心。」之意，寫心中所感。下即以現實生活遭遇承之。言天涯飄泊，本欲藉酒澆愁，奈酒入離腸，更觸愁緒，致與酒盞反日益疏遠；而故人長別，想念不已，致形體消瘦，衣帶漸寬。如此情懷，無可排遣，不得已乘此明媚春光，出遊行樂，或可藉以消愁；但花影鶯聲，復惹相思，目斷暮天，碧雲四合，故人何在？空勞思念而已。碧雲句用杜甫詩「渭北春天樹，江東日暮雲」之意，如此著筆，似結實起，有水窮雲起之勢，極爲佳妙。

換頭緊承前結。從回憶往事寫起，以末句「愁」字爲結穴。言回憶昔日西池盛會，與同朝供職之友，飛蓋追隨，其樂何極！但往事如烟，回首成空。當時携手之處，而今不知有誰猶在，此堪愁者一也。下似用論語「其矣吾衰也！久矣，吾不復夢見周公」之意，說明自己對前途已無若何希望，語意極淒婉。言以前曾常夢想，或能儌倖蒙恩，還朝供職；如今連此空虛之夢，亦已斷絕，而攬鏡自照，朱顏已改，歲月磋跎，盛年不再，此堪愁者二也。出遊本可怡情，奈飛紅萬點，春光已老，滿目淒涼，反惹相思，此堪愁者三也。總之，回思往事，既覺傷懷；瞻望前途，更覺意冷；面對現實景物，又復令人腸斷。以上均摩空作勢，最後逼出「愁如海」三字以作結。行文有千山萬壑赴荊門之慨。「海」字不獨押韻工穩，且非此亦不足以盡其意、狀其情也。

永遇樂　蘇軾

彭城夜宿燕子樓、夢盼盼，因作此詞。

明月如霜，好風如水，清景無限。曲港跳魚，圓荷瀉露，寂寞無人見。紞如三鼓，鏗然一葉，黯黯夢雲驚斷。夜茫茫，重尋無處，覺來小園行徧。

天涯倦客，山中歸路，望斷故園心眼。燕子樓空，佳人何在？空鎖樓中燕。古今如夢，何曾夢覺，但有舊歡新怨。異時對，黃樓夜景，為余浩歎。

注釋：彭城：在今江蘇銅山縣，古徐州治所。燕子樓：唐貞元中，張建封鎮徐州。有愛妾名關盼盼，築燕子樓以居之。建封卒，樓居十五年不嫁，後不食而死。紞如：猶紞然、擊鼓聲。鏗爾：金聲。黯黯孟雲：謂模糊之夢境。黃樓：熙寧十年七月，河決於澶淵，水及彭城。時蘇軾爲守。水退，吏民請增築徐城，即城之東門爲大樓，亞以黃土，取土勝水之意，因名黃樓。

論析：入手寫景，分聲色兩面下筆。「明月如霜，好風如水。」乃寫樓前所見清幽夜景，以「無限」二字括之。「曲港跳魚，圓荷瀉露。」乃寫極微細之聲，均可聽辨，以實下句「寂寞無人見」之意。如此清景，而四周寂寞無人，由無人而思及盼盼，此乃入夢之由。既因思入夢，卻不寫夢境如何，反怪譙鼓庭葉，無端驚破，則入夢不言可知，省卻許多筆墨。其所以用省筆者，蓋因盼盼久已物故，雖夢中恍惚遇之，究屬推測想像之事。作者惟恐他人不知此意，特於下句用「黯黯」二字點出。夢雲驚斷，乃指非天明時自然清醒，於是以「夜茫茫」三字承之。「夜茫茫」三字頗生動傳神，蓋心在景物，則覺月白如霜、風涼似水，跳魚瀉露，清晰可聞；心在夢中之人，則放眼四望，但覺一片茫茫而已。「重尋無處」與「覺來」均承夢雲而來。「小園」點出以上景物所在之地。「行徧」乃實「重尋」之意。

下半闋抒情。文凡四折，以「何曾夢覺」四字爲骨幹。言久客天涯，舊歡如夢，欲歸故園而不得；以致眼穿心碎，無法消愁，乃不曾夢覺故也。如今燕子樓空，佳人已杳，即此眼前實例，已足証人生如夢，又何爲而不悟哉！但古往今來，紛紛擾擾，俱在夢中，何曾有人醒覺？則我今日之舊歡新怨，亦不足怪也。且尤有進者，我今日宿此樓，思盼盼，異日亦必有對黃樓夜景爲我浩歎者，後之視今，亦猶今之視昔，所謂後人復哀後人也。

念奴嬌 赤壁懷古

蘇軾

大江東去，浪淘盡，千古風流人物。故壘西邊，人道是、三國周郎赤壁。亂石崩雲，驚濤裂岸，捲起千堆雪。江山如畫，一時多少豪傑。

遙想公瑾當年，小喬初嫁了，雄姿英發。羽扇綸巾，談笑間，強虜灰飛煙滅。

故國神遊，多情應笑我，早生華髮。人生如夢，一樽還酹江月。

注釋：風物人物：謂人之品格高尚、儀表清雅者。周郎：即周瑜、字公瑾。孫策授瑜建威中郎將，時年二十四，吳人皆呼爲周郎。有文武籌略，敗曹操於赤壁，拜前將軍，領南郡太守。一時：猶言當時、同時。小喬：漢太尉喬玄有二女，曰大喬、小喬，皆國色，世稱二喬。孫策納大喬，周瑜納小喬。英發：謂豪氣風發。羽扇綸巾：魏晉時儒將之裝扮，以示其從容鎮定。綸巾，青絲綬爲巾也。強虜：指曹軍。酹：以酒祭地也。

論析：此用剝繭抽絲法。先泛論千古風流人物，俱隨波而消逝，高出題意一層寫起。次即以三國赤壁承接入題，再於當時許多豪傑之中，單獨挑出公瑾，加以讚歎，行文極有層次。大江東去句雄偉高古，氣象非凡，讀之令人有萬里江流，奔赴眼底；千年興亡，都上心頭之感。誠如《吹劍錄》所載：「學士詞須關西大漢，銅琵琶，鐵綽板以唱也。」元胡《仔苕溪漁隱叢話》，斷曹公敗處在江夏西南一百里之赤壁，今屬嘉魚縣。東坡所遊，據沈復《浮生六記》，乃在黃州漢川門外。東坡與范子豊尺牘，亦不以黃州赤壁爲破曹處。

蓋當時東坡謫居黃州，特借曹操周郎事，發抒胸中抑鬱之氣耳。故於「故壘西邊」句後，下「人道是」三字，一面狀當時口講指點之神態，一面將責任輕輕卸却也。「亂石崩雲，驚濤裂岸，捲起千堆雪。」本狀眼前實景，忽然用「江山如畫」一承，再用「一時」二字一點，化實爲虛；便覺江山千古，人事無常，當年於此龍爭虎鬥之英雄豪傑，亦俱爲江流淘盡，如今只餘亂石驚濤，依舊崩雲裂岸而已。筆致空靈之至。換頭承前結一時多少豪傑之意。赤壁之戰，爲孫吳存亡所係。厥功最偉者，莫如公瑾，故特致推崇。彼少年得志，意氣飛揚；又値小喬初嫁，美人如玉。著一「初」字，便覺「雄姿英發」四字更具精神。周郎以不世之才，指揮若定，談笑間，強敵即一敗塗地，灰飛煙滅；輝煌功業，並世無儔。如今千載神遊，對如畫之江山，傷斯人之已杳，因悟人生如夢，我徒多情，致早生華髮，能不自笑！不如一樽在手，邀彼明月，共圖一醉之爲得也。

題爲懷古，篇末忽提出「人生如夢」一語，將以上許多風流人物，一齊推倒，反以不懷爲是，此懷古之作所罕見者，的是奇文。

水調歌頭

蘇軾

丙辰中秋歡飲達旦，大醉、作此篇，兼懷子由。

明月幾時有？把酒問青天。不知天上宮闕，今夕是何年？我欲乘風歸去，又恐瓊樓玉宇，高處不勝寒。起舞弄清影，何似在人間？

轉朱閣，低綺戶，照無眠。不應有恨，何事長向別時圓？人有悲歡離合，月有陰晴圓缺，此事古難全！但願人長久，千里共嬋娟。

注釋：子由：蘇軾之弟，名轍，字子由。唐宋八大家之一。把酒：手持酒杯也。瓊樓玉宇：月中宮殿也。不勝：不能禁受也。綺戶：戶上縷以綺文，言戶之美也。嬋娟：狀人物美好之態。此處指明月。

論析：上半闋寫中秋歡飲，先從賞月下筆。月輪皎潔，碧空窈杳，舉杯仰首，忽發奇思。以一「問」字作起，引出「明月幾時有」？「天上宮闕，今夕是何年？」無人能答之兩大問題。又從「宮闕」二字生出乘風歸去之思。下一「歸」字，便是以謫仙自況。「又恐」一轉妙，蓋不僅將歸思隨手抹去，且指出高處奇寒，歸去恐亦不勝其苦；不如人間尚可即時行樂，以起下句歡飲正文。「起舞弄清影，何似在人間！」將當時歡樂情懷，和盤托出。猶言我今夜月下，暢飲酣舞，俯仰自樂，直如神仙中人，尚有何似人間凡俗哉！

下半闋寫懷子由。仍從明月下筆。「轉朱閣」、「低綺戶」，明寫月亮，却暗點出題中「達旦」之意。「照無眠」，寫歡飲達旦，樂極生悲，不禁對月懷人，生出明月不是有恨，何事長圓向人間離別之時之感慨。下用自問自答法，闡明人生哲理。言人事有悲有歡，有離有合，正如氣候有陰有晴、明月有圓有缺，此事自古以來，即難全美。夫悲歡乃個人內心情緒之狀態。離合正如陰晴、圓缺、乃外界之變化。外界變化，固無法控制；但己身如何，實可自主，故悲愁賴人自解脫耳。坡公達人，深明此理，於是只願長久健在，千里共對明月，不須朝夕把晤也。

通篇僅「把酒」、「起舞弄清影」、「轉朱閣」、「低綺户」、「照無眠」爲正文，餘則奇思疊出，議論橫生，不可捉摸，此所謂神化也。

賀新涼　　蘇軾

歌妓秀蘭應徵後至，致觸府僚之怒，爰爲此曲，歌以侑觴，僚怒乃解。

乳燕飛華屋。悄無人，槐蔭轉午，晚涼新浴。手弄生綃白團扇，扇手一時似玉。漸困倚，孤眠清熟。簾外誰來推繡戶，枉教人夢斷瑤台曲。又卻是風敲竹。

石榴半吐紅巾蹙。待浮花浪蕊都盡，伴君幽獨。濃豔一枝細看取，芳意千重似束。又恐被秋風驚綠。若待得君來向此，花前對酒不忍觸，共粉淚，兩簌簌。

注釋：華屋：指高大華美之屋。轉午：謂樹影移動，日漸過午也。生綃：謂畫絹也。一時：猶言同時。枉：謂事無意義也。瑤台：以玉飾之台，謂宮室之美者。曲：謂曲房、密室也。卻是：正是也。蹙：縐縮也。浮花浪蕊：指花草之非名貴者，亦以喻尋常之婦女。取：語助詞、猶「著」也。秋風驚綠：謂秋風蕭瑟，使木葉搖落也。簌簌：茂密貌。此處狀淚落之多。

論析：此代歌妓秀蘭自敘來遲之由。入手先言乳燕已飛，點明時已初夏；於是從晚涼新浴，浴後納涼間閒敘起。輕輕插入「悄無人」三字，爲下句「孤眠」二字埋根；其所以特別強調者，恐府僚之誤會也。「漸困倚」狀假寐時神情如畫。如此進入夢鄉，極爲自然。「簾外誰來推繡戶……又卻是風敲竹。」三句爲何以如此「清熟」作解。意謂我亦恐君有約，曾夢斷瑤台，幾度驚醒；但開門一望，並無人來，只係風敲翠竹而已。暗示有人再來推戶，亦熟眠如故矣。總之，正文僅孤、眠、清熟一句耳，寫來婉轉生動，麗而不豔，確是妙手。

換頭與上文意不連接，乃詞中之變體，要非正格。此半闋主文在「芳意千重」一語，惟不便直接道來，乃折榴花一束相贈，藉明己意。榴花之半吐，以比己之芳意千重，深藏心底。榴花開於浮花浪蕊都盡之時，以比己於酒闌人散方來，亦意在伴君幽獨耳。「又恐被秋風驚綠」句，以比芳心暗許，又恐遭受誤解，故倩君仔細看取也。「若待得君來向此」句，以比君若能解我心意，則花前對酒，必將與我相共流淚，憐惜之不暇，又何忍惱怒耶？

此詞以花比人，說來婉轉動聽，而盼其憐惜之情，溢於言表；致使僚怒立解，坡公的是妙人。

青玉案

賀鑄

凌波不過橫塘路，但目送芳塵去。錦瑟華年誰與度？
月橋花院，綺窗朱戶，唯有春知處。
碧雲冉冉衡皋暮，綵筆空題斷腸句。試問閒愁都幾許？
一川煙草，滿城風絮，梅子黃時雨。

注釋：凌波：狀美人步履輕逸也。曹植〈洛神賦〉：「凌波微步，羅襪生塵。」橫塘：在今江蘇吳縣城外。《中吳紀聞》：「方回居吳，有小築在盤門之南十餘里，地名橫塘，嘗往來其間，作青玉案詞。」芳塵：《拾遺記》：「石虎起樓四十丈，異香爲屑，風起則揚之曰芳塵。此處指美人之身影。」錦瑟華年：李商隱詩：「錦瑟無端五十絃，一絃一柱思華年。」華年，少年也。月橋：謂橋之形如偃月也。瑣窗：古時於宮門上鏤作連瑣文，故稱宮門曰瑣。瑣窗，指窗櫺上鏤花紋者。冉冉：行貌。蘅皋：蘅，香草名。皋，岸也。彩筆：《南史》：「江淹少時，夢人授五色筆，由是文藻日新。」閒愁：因殷切思念而產生之憂慮、煩惱。都：總也。一川：猶言滿地。

論析：「閒愁」二字乃此詞之眼目，開頭二句即寫閒愁之根由。凌波用洛神賦故事，橫塘乃作者所居之地。言美人之來，心期已久，忽焉在望，幸何如之！孰知事有出人意料者，彼美竟瞥然引去，不過橫塘之路。僅目送芳塵，而交接無由，一時淪落之悲，身世之感，齊上心頭；於是而有錦瑟華年與誰共度之歎。惟細究美人之所以不來，必有其故。自我反省，所居之處，外則月橋花院，內則瑣窗朱戶；如此精美，理應受美人青睞；而今竟不顧而去，則是美人不知我耳。此猶屈子既滋蘭之九畹，又樹蕙之百畝，奈楚王之不悟何！至於美人何以不我知，實亦難言；於是又用論語「下學而上達，知我者其天乎！」之意，言美人既不我知，則唯有春知我處矣。

　換頭承上目送芳塵之意。言悵望雲天，猶希其幡然改轍，惠然來顧；但蘅皋久佇，消息沉沉，不覺碧雲冉冉，已至暮色四垂之時，款款深情，終不見答。於此望絕心傷之際，不得已彩筆題詞，藉以發洩；然知音何在？空自斷腸而已。以上已爲閒愁二字曲折蓄勢，下仍不肯直接道來，却用景物作譬。言試問閒愁共有幾許？正如滿地煙草，滿城風絮，又如黃梅時節之綿綿細雨也。如此著筆，極幽艷，亦極沉鬱，故傳誦詞林，而有賀梅子之稱。

　山谷頗愛此詞，曾有詩云：「解道江南腸斷句，至今惟有賀方回。」

或謂「一川烟草」，是二三月間，「滿城風絮」是三四月間，「梅子黃時雨」是四五月間，歷時如此，「則錦瑟華年誰與度」之神味，更爲完足。

滿庭芳 夏日溧水無想山作

周邦彥

風老鶯雛，雨肥梅子，午陰嘉樹清圓。地卑山近，衣潤費爐烟。人靜烏鳶自樂，小橋外，新涤濺濺。憑欄久，黃蘆苦竹，擬泛九江船。

年年，如社燕，飄流瀚海，來寄修椽。且莫思身外，長近罇前。顦顇江南倦客，不堪聽急管繁絃。歌筵畔，先安簟枕，容我醉時眠。

注釋：嘉樹：《左傳》：「昭公二年，晉宣子宴於季氏，有嘉樹焉，宣子譽之。武子曰：宿敢不封殖此以無忘。」爐烟：即爐火。烏鳶：即烏鵲。越王將入吳，與諸大夫別於浙江之上。夫人顧烏鵲啄江渚之蝦，飛去復來，因作烏鳶歌。見（吳越春秋）。宋康王舍人韓憑妻美，王欲之，妻作烏鵲歌以明志。

見（九域志）。淥：水清也。濺濺：水疾流貌。社燕：燕春社來，秋社去，故謂之社燕。修：長也。椽：以短木布列於屋之上層，兩端附於梁上以承屋瓦者也。急管繁絃：猶言急竹繁絲，謂音樂之繁縟者。

論析：此清真中年官漂水令時之作。起拍三句寫初夏雨後景物。言連朝風雨，不覺鶯雛已老，梅子已肥，明寫景物，實隱然有歲月如流，美人遲暮之感。午陰、清字均點初晴。嘉樹語見《左傳》承梅子。圓字由劉夢得詩「日午樹陰正」之正字化來。「地卑山近」句承上起下，既釋多風雨之故，復爲下句「衣潤」根由。不言其地卑溼，不堪久居；却以「衣潤費鑪煙」句輕輕一點，如此著筆，不僅體物入微，且隱寓其天涯淪謫之憾，爲下半闋蓄勢，故爲詞家所激賞。下句用杜詩「人靜烏鳶樂，」加一「自」字，便覺烏自快樂，與自己無涉。「小橋外，新淥濺濺。」一片活潑生意，亦堪羨慕。此中感受，惟人於靜中方能得之。以上寫夏雨初晴之景，已語語含情，下句「憑欄久」，正式拍到自身。「黃蘆苦竹」係截用樂天「黃蘆苦竹繞宅生」詩句。「九江船」句用杜詩「聞道巴山裏，春船正好行，都將百年事，一望九江城。」之意。言對此黃蘆苦竹，無可留戀，擬早日泛船九江，離此卑溼之地；但九江風候，正復相同，昔日司馬青衫，曾爲淚濕，則九江之船亦不可泛；真是愁腸百轉，去住皆難，此憑欄之所以久也。

下半闋抒情。先以社燕自喻。社燕秋去春來，行蹤靡定；今日來寄修椽，他日又飄流瀚海，年年如此，其苦真不堪言。下二句用杜詩「莫思身外無窮事，且盡罇前有限杯。」之意一轉，似已達觀放懷，其實「且」乃暫時之意，下又著「長近」二字，直是哄騙自己，語愈癡呆，情愈悲切。下用「憔悴江南倦客」二句再作一轉，更覺悲涼。急管繁絃，爲輕快繁縟之音，本可助人興緻；無奈江南倦客，心身交瘁，聞此更增愁苦。如此情懷，如何安排？實無計可施，惟有於歌筵之畔，先安簟枕，拚命一醉；泥醉而眠，渾然不覺，則可暫時解脫矣。

此詞意境沉鬱，音節圓渾，運筆復頓挫有致，當爲美成得意之作。

陳振孫曰：「美成詞多用唐人詩語，檃括入律，渾然天成。」張炎曰：「採唐詩融化，如自己出。」此詞所用杜詩、白詩正如所評。

憶舊遊

周邦彥

記愁橫淺黛，淚洗紅鉛、門掩秋宵。墜葉驚離思，聽寒螿夜泣，亂雨瀟瀟。鳳釵半脫雲鬟，窗影燭光搖。漸暗竹敲涼，疏螢照曉，兩地魂銷。

迢迢，問音信，道徑底花陰，時認鳴鑣。也擬臨朱戶，嘆因郎憔悴，羞見郎招。舊巢更有新燕，楊柳拂河橋。但滿目京塵，東風竟日吹露桃。

注釋：黛：畫眉黑色也。漢宮人掃青黛娥眉，見事文類聚。紅鉛：紅色胭脂，鉛即鉛粉，皆婦女所以飾容。寒螿：即寒蟬。漸：旋也。暗竹敲涼：謂夜風搖竹而覺寒意也。鳴鑣：凡發聲皆曰鳴。鑣：馬銜也。沿用爲乘騎之稱。羞：怕也。會真記載崔鶯鶯詩：「自從消瘦減容光，萬轉千迴嬾下床，不爲旁人羞不起，爲郎憔悴却羞郎。」露桃：古詩：「桃生露井上，李樹生桃旁。」露井，謂井上無覆者。

論析：劈頭下一「記」字，便是回憶往事，非眼前實景可知。「愁橫淺黛，淚洗紅鉛，」乃追摩別離之夕，彼美牽襟惜別之狀。「秋宵」點時間。「門掩」二字寫情話綿綿，難分難解，似不知門外尚有天地者，爲下句「驚」字根由。「墜葉驚離思」句承上起下，下即從聲色兩面寫室內外之景，用聽、看二字領起，惟「看」字省略耳。「寒螿低泣，亂雨瀟瀟，」窗外之聲，已不忍聽；而彼美雲鬢蓬鬆，鳳釵半脫之影，由燭光反映，搖曳於窗紗之上，更屬凄涼。如此情景，却不言自身感受如何，仍寓情於景，用「漸」字領起。言窗外「暗竹敲涼，疏螢照曉，」著一「涼」字、一「曉」字，便覺離思縈懷、低徊欲絕，竟夕無眠，漸至天曉；於是臨岐分手，黯然消魂矣。

換頭緊承前結。迢迢兩地，佳會久虛，不得已訊音問信，藉慰相思。乃聞人言，彼美不惟於徑底花陰，時認郎馬之聲；且擬臨朱戶以望郎來。其所以終於不曾者，蓋爲郎憔悴却羞郎耳。此二句用「道」字已明耳聞，遽難憑信；又用會真記崔氏詩意，將彼美別後相思之苦，曲曲寫出，筆愈虛幻，情愈深而怨愈切。至此以下，似應說到自身如何思念，及久虛佳會之苦衷，然而其中委曲，有非一二語所能盡道者；於是索性不說，仍從景物下筆。「舊巢有新燕」，乃指時隔一年，著一「更」字，便覺滯留京華，已非一年矣。而楊柳垂絲，又拂河橋。對此春光，懷人天末，相思不見，空見京塵滿目，露桃紅姸。深慨東風竟日，尚能吹綻露桃，而我竟不能稍慰相思，致使彼美如此憔悴也。

下半闋純用虛幻之筆，僅舊巢下數句，屬眼前實景，但仍未明說自家情懷，本意始終含蓄，而愁腸百轉，已隱約於字裏行間，令人回味不盡。

少年遊

周邦彥

幷刀如水，吳塩勝雪，纖手破新橙。錦幄初溫，獸煙不斷，相對坐調笙。低聲問，向誰行宿？城上已三更。馬滑霜濃，不如休去，直是少人行。

注釋：幷刀：杜甫詩：「焉得幷州快剪刀，剪取吳淞半江水。」幷剪亦稱幷刀。幄：帳幕也，上下四旁悉周者。獸煙：謂爐中焚香，因爐上鑄金爲獸形，故曰獸煙。誰行：猶言何處。直是：猶言正是、真是。

論析：起拍不過寫青樓女子以新橙款待游婿耳，因用烘染之法，先從破橙工具及佐食物品之精緻說起，以刀光如水，塩色勝雪，與纖手、新橙相輝映，便覺清新婉媚，好看煞人。「錦幄初溫，獸煙不斷，」二句明寫洞房之中，溫馨宜人，暗起下片更深霜濃之意。於此暖玉溫香之境，不言其調笑戲謔；却寫兩人對坐調笙，旖旎風流，雅而不俗，與普通狹邪生涯，自有仙凡之別。

換頭紀言，宗旨在「不如休去」一語。却用欲擒故縱之筆，先問何處歇宿？「低聲」二字妙，如聞喁喁爾汝，出自朱唇皓齒之間。既向其詢問，却又不待回答，便說出「城上已三更，馬滑霜濃」兩層理由，勸其不如休去；又恐理由不足，於是再補一句「直是少人行」。不僅將美人體貼深憐、嬌憨情急之態，活畫出來；運筆亦須如此穿插、變換；不然，一直說去，與村婆絮語何異耶？

此殆美成中年冶遊紀實之作。《貴耳集》載：道君幸李師師之家，時美成先在，避匿床下，因悉聞其語，遂隱括成一小詞，曰「少年遊」。《浩然齋雅談》所載佚聞，亦與此相似，皆屬臆想傅會，王靜安清真先生遺事中已駁之詳矣，茲不贅述。

蘇幕遮

周邦彥

燎沉香，消溽暑。鳥雀呼晴，侵曉窺檐語。葉上初陽乾宿雨。水面清圓，一一風荷舉。

故鄉遙，何日去？家住吳門，久作長安旅。五月漁郎相憶否？小楫輕舟，夢入芙蓉浦。

注釋：燎：燒也。沉香：爲香料中著名之品，香氣甚烈。溽暑：濕暑也。侵曉：猶俗言清早。吳門：蘇州本古代吳國之都城，故稱吳門。長安：本漢，唐之國都，此處借指宋京汴梁。檝：與楫同，俗謂之槳。芙蓉：即蓮花。浦：大水有小口別通曰浦。

論析：此先景後情正格。上半闋寫景。晨起即燃沉香，以消室中暑溼之氣，點明時值仲夏，炎熱多雨。鳥雀呼晴，檐前細語，著一「窺」字，若似解人意者；實暗示自己多日來心中之煩悶，爲下文思鄉作伏線。久雨初晴，精神爲之一爽；於是出門閒眺，只見驕陽四射，葉上宿雨已乾。清字寫荷葉之色，圓字寫荷葉之形，舉字狀其飛舞之態。言無數既清又圓之荷葉，於曉風之中，翩翩起舞。清真工於描寫景物，舉字尤能攝出風荷之神，爲詞家所激賞。

下半闋抒情。由眼前景物而憶及故鄉，於是有不知何日始可賦歸之歎。京華、吳門，狀故鄉之遙遠。久旅二字，點出思歸之根由。既動鄉思，又懷舊友，不明言昔日與漁郎結伴同遊之樂，却言際此仲夏，不知漁郎尙思憶天涯外之舊友否?用問句寫出，不僅搖曳生姿，且情致深長，耐人尋味。末句更進一層寫思鄉之迫切，言不論漁郎是否相憶，但我之憶故鄉，憶昔日伴侶，則無時或釋，即睡夢之中，亦嘗乘輕舟，盪小檝，倘佯於芙蓉之浦也。

此詞寫景工麗，抒情委婉，結拍處既回映上半闋之風荷，又另闢一極幽倩淡雅之境界，令人爲之悠然神往。

聲聲慢　李清照

尋尋覓覓，冷冷清清，淒淒慘慘戚戚。乍暖還寒時候，最難將息。三杯兩盞淡酒，怎敵他、晚來風急。雁過也，正傷心，卻是舊時相識。

滿地黃花堆積，憔悴損，如今有誰堪摘？守著窗兒，獨自怎生得黑？梧桐更兼細雨，到黃昏、點點滴滴。這次第，怎一個愁字了得。

注釋：戚戚：憂傷貌。還寒：仍寒也。將息：休養。風急：猶言風大。雁過也、正傷心：唐趙嘏詩「鄉心正無限，一雁過南樓。」本謂雁過更增傷感也。卻：倒也。反也。黃花：即菊花。損：猶煞也。有誰：猶言有何、有甚麼。怎生：猶今言怎麼。這次第：即這時候、這光景。了得：了，畢也。盡也。得，助詞。了得，謂包括得盡也。

論析：作者晚年值汴京之陷，隨其夫避難南下。不久，夫歿。依其弟迒於金華，復輾轉遷徙於越，衢諸州。晚景淒涼，此詞殆作於居金華之後。

起拍連用十四疊字，構成三種不同層次，以寫其悲慘之境遇。「尋尋覓覓」，狀孀居之空虛寂寞，惟有就手邊僅存之物件，尋覓舊時生活之痕跡，期能暫離現實，浸沉於回憶之中。次句「冷冷清清」，狀幾經遷徙，不僅舊藏盡失，四壁蕭然，尋覓亦毫無所獲；且環境陌生，亦無人可與語。生活如此之孤苦，不禁悲從中來，難以遏抑矣。第四句點出時令。「乍暖還寒」，狀氣溫變化，年老不易適應；何況孀閨弱質，更難以保養。下就衣食方面敍生活窮困。言客地衣服無多，消寒惟有飲酒；奈手頭拮据，不但無濃酒可飲，即淡酒亦只三杯兩盞而已，怎能抵擋晚來之刺骨寒風！於此傷心絕望之際，仰首蒼穹，適有雁群飛來。一般言之，北雁南飛，物候驚心，詞人易生搖落之悲；而作者以雁亦由北南來，係舊時相識；他鄉遇故舊，倒覺有一絲絲溫暖。如此著筆，反映客居舉目無親之苦。極淒惻柔婉。

下半闋就眼前景物之淒涼，寫心情之惡劣。言黃花堆積滿地，姿容憔悴，無可採摘。既乏案頭清供之物，則獨坐窗前，更覺寂寞淒涼。「守」字極沉痛。蓋作者喪夫無子，毫無指望，只有守著窗兒，豈不可悲。此一段時光，真不知如何消遣，方能挨到天黑。待挨到黃昏，窗外又飄落細雨，梧桐葉上，點點滴滴流落下來，一葉葉，一聲聲，恰似滴落於作者心坎之上。人非木石，何以堪此！末句總結全文，言當此之時，百感交集，豈是一個「愁」

字所能包括得了哉？

此詞起句連用十四疊字，收句又運用兩疊，為前所未有之新嘗試；却語如貫珠，毫無堆滯粉飾之迹。而篇中多用一般詞人所不願用之淺俗口語，亦極流走自然，可謂百鍊鋼化為繞指柔矣，自是大家本色。

篇中「乍暖還寒」四字，雖可形容氣溫變化幅度之大，然時值深秋。愚意若用於仲春時節，較為貼切，蓋仲春猶有餘寒也。

永遇樂 京口北固亭懷古　　辛棄疾

千古江山，英雄無覓，孫仲謀處。舞榭歌台，風流總被雨打風吹去。斜陽草樹，尋常巷陌，人道寄奴曾住。想當年金戈鐵馬，氣吞萬里如虎。

元嘉草草，封狼居胥，贏得倉皇北顧。四十三年，望中猶記，烽火揚州路。可堪回首，佛貍祠下，一片神鴉社鼓。憑誰問，廉頗老矣，尚能飯否？

注釋：京口：地名，今江蘇丹徒縣。孫仲謀：三國吳帝孫權之字。三國志注：「曹公曰：生子當如孫仲謀，劉景升兒子若豚犬耳。」斜陽草樹，尋常巷陌：劉禹錫詩：「朱雀橋邊野草花，烏衣巷口夕陽斜。舊時王謝堂前燕，飛入尋常百姓家。」寄奴：南朝宋武帝劉裕小字。元嘉：南朝宋文帝年號。封：山上築土爲壇以祭天。狼居胥：亦稱狼山，在鄂爾多斯黃河西北。漢霍去病攻匈奴至此，封山而還。佛狸：後魏太武帝小字。史通：「佛狸飲馬長江，宋之武功不競。」神鴉：《岳陽風土記》：「巴陵鴉甚多，土人謂之神鴉，無敢弋者。」社鼓：社，后土也。立春後五戊爲春社，立秋後五戊爲秋社。社鼓，擊鼓以祀社也。廉頗：戰國趙之良將，得罪亡至魏。後趙數困於秦兵，欲復用之。使人問頗，時頗雖年老，尚能一飯斗米，肉十斤，惜爲人所讒沮，遂不復用。見《史記》。

論析：據岳珂桯史，知此詞作於宋寧宗開禧元年守鎭江時，時年六十有六。上半闋懷古。六代建都江南，英雄數孫仲謀、劉裕二人。孫仲謀破曹兵八十三萬於赤壁，雄據江南，開天下三分之局。劉裕兩度北伐，收復兩京，雖爲時短暫，但究是何等氣概，何等局面。如今韓侂胄雖力主北伐，而缺乏智謀；幼安報國心切，未被重任，對景傷懷，不禁生江山千古而英雄已無處覓之歎也。

「英雄無處覓」五字乃一篇主意。由英雄二字引出孫仲謀、劉裕二人。先寫孫仲謀，當年舞榭歌台，繁華景象，如今已被雨打風吹，風流盡逝。後寫劉裕所居巷陌，如今僅斜陽草樹，一片荒涼；而當時實金戈鐵馬，有氣吞萬里，不可一世之概。一由繁華寫至消歇，一由目前遺跡荒涼，而溯及以前盛況。反覆讚歎，行文既錯落有致，而懷念之情，亦復躍然紙上。

下半闋傷時。以「可堪回首」四字爲骨幹，「憑誰問」三字爲結穴。不便明言韓侂胄力主北伐，有才不用，勢必又成草草；乃先敘宋文國力未充，準備未周，草草北伐，卒遭挫敗；反使北魏乘勢南下，直抵長江，只落得倉皇北顧。殷鑑不遠，殊堪憂慮，此不堪回首一也。幼安於高宗紹興三十一年自山東率義兵，由揚州渡江歸宋，時値金海陵王亮南侵受挫，揚州正在烽火之中。如今已四十三年，往事歷歷，望中猶記，而懷才不遇，壯志未酬，此不堪回首二也，再借北魏太武帝引兵南下，飲馬於江之史實，言佛貍祠下，已一片神鴉社鼓，指出中原久已陷於胡人之手，此不堪回首三也。國勢阽危如此，而有才不用，徒喚奈何！「憑誰問」三字，聲淚俱下。烈士暮年，壯心未已；而英雄如孫仲謀、劉裕者，已無處尋覓，尚有誰問及廉頗老將，界以恢復之任耶？「憑誰問」應起拍「英雄無覓」，章法不苟。

水龍吟

登建康賞心亭

辛棄疾

楚天千里清秋，水隨天去秋無際。遙岑遠目，獻愁供恨，玉簪螺髻。落日樓頭，斷鴻聲裏，江南遊子。把吳鈎看了，欄干拍遍，無人會，登臨意。

休說鱸魚堪膾，儘西風，季鷹歸未？求田問舍，怕應羞見，劉郎才氣。可惜流年，憂愁風雨，樹猶如此！倩何人喚取，紅巾翠袖，搵英雄淚。

注釋：建康：今南京市，六朝時之京城。岑：山小而高也。玉簪螺髻：喻山之形狀。吳鈎：刀名。季鷹：張翰字，晉吳人。有清才。齊王冏辟爲大司馬東曹掾。因秋風起，思吳中菰菜、蓴羹、鱸魚膾，遂命駕歸。求田問舍：言專營產業，鄙俗之人也。《三國志・陳登傳》：「許汜曰：昔見元龍，元龍自上大床臥，使客臥下床。劉備曰：君求田問舍，言無可采；如小人欲臥百尺樓上，臥君於地，何但上下床之間邪？樹猶如此：《世說新語》：桓公北伐，經金城，見前為琅邪時種柳，皆已十圍。慨然曰：「木猶如此，人何以堪！」攀枝執條，泫然流淚。紅巾翠袖：本女子裝束，此借指歌女。搵：揩拭也。

論析：幼安於乾道四年通判建康，此詞或係當時之作。賞心亭乃宋丁謂所建，位於建康城上。幼安秋日登臨，舉目四顧：西望則楚天千里，一派清秋；東望則水隨天去，更覺秋色無邊；北望則遙岑如玉簪，如螺髻，奇峯迭起。如此景色，本可遊目騁懷，乃忽地插入獻愁供恨四字，便覺風景不殊，舉目有河山之慟矣。「落日樓頭，斷鴻聲裏，江南遊子」寫出愁恨根由。落日寫晚，斷鴻寫秋，一色一聲，一見一聞，極盡悲涼；飄泊江南之遊子，如何不悲憤填膺？於是拔出腰間吳鉤，反覆觀看，懷才不遇，有志難伸，不禁拍遍闌干，唏噓長歎，眾人皆醉，惜無人會我登臨之意也。

起拍下一「楚」字，便是點名方向，如上所述；不然，既言「千里清秋」，又言「秋無際」，尚復成語邪？

換頭承上文「江南遊子」，用張季鷹故事，以喻己漂泊江南，雖秋風已至，無法賦歸。用問句寫出，便更覺沉鬱悲涼。以下文凡三轉，念轉愈深，將當時左思右想，愁腸百結之複雜情緒，和盤托出。言若求田問舍，苟且偷安，則又恐見有才氣如劉備者，應覺羞慚。若圖建功立業，則又遙遙無期；只可惜似水流年，曾不我待。昔東晉桓溫定巴蜀，攻前秦，破姚襄，威勢翕赫，官至大司馬，尚至慨於琅邪所植之柳，曰：「木猶如此，人何以堪！」而我今已逾花甲，猶屈居卑職，一生中所經歷之憂患，正如樹木之遭受風雨；樹猶搖落，我何以堪邪！若醇酒美人，沉湎於溫柔鄉中，換取紅巾翠袖，拭我英雄之淚，又覺無人可倩。幼安不言自己不屑爲此等頹唐墮落之事，却更深一層說出無人可倩。蓋登臨之意，既已無人體會，尚有何知心之人以相慰哉！

幼安以其沉鬱頓挫之筆，寫其鄉思之迫切，壯志之難酬，精神痛苦之無法消除，令人盪氣迴腸，不忍卒讀。

滿江紅

辛棄疾

敲碎離愁，紗窗外、風搖翠竹。人去後，吹簫聲斷，倚樓人獨。滿眼不堪三月暮，舉頭已覺千山綠。但試把一紙寄來書，從頭讀。

相思字，空盈幅；相思意，何時足？滴羅襟點點淚珠盈掬。芳草不迷行客路，垂楊只礙離人目。最苦是立盡月黃昏，闌干曲。

注釋：吹簫聲斷：蕭史，春秋人，善吹簫，作鳳鳴。秦穆公以女弄玉妻之，遂教弄玉吹簫，後與弄玉俱飛昇去。見神仙傳。但：只也。盈幅：猶今言滿紙。因古代書信寫於縑素，故曰盈幅。盈掬：盈，滿也。掬，兩手捧取也。

論析：起拍似由東坡賀新涼「又却是，風敲竹」脫化而來，而境界不同。「離愁」二字乃一篇主意。先言充滿離愁之心，無端敲碎，乃窗外風搖翠竹，策策答答，亂我心曲耳。二句承離愁二字。言所以有離愁者，乃伊人去後，吹簫聲斷，倚樓人獨，寂寞淒涼故也。三、四兩句，承倚樓人獨。言滿眼暮春景色，人已不堪；而舉頭一望，千山已綠，更覺時序催人，空勞悵望；不得已試把一紙來書，從頭細讀，或可藉以消愁也。此「但試」二字極慎重，言明知無用，僅試一試耳。以上各句均承接而來，故極流走自如，真切活現。

換頭承上文「試」字而來。言不試猶可，一試則反淚滴羅襟，點點盈掬。良以空見滿幅相思字句，而人在天涯，相晤無由，徒成虛話，更覺傷懷也。於是攝書不讀，又復舉頭遠望，但芳草連天，不迷行人之路，而垂楊拂地，只礙離人之目。草木無知，亦遭怨懟，其心煩緒亂可知。如此抒寫離愁，已纏綿淒切，不忍寓目；末句忽下「最苦是」三字，橫掃過去，便覺如此傷心，尚非至極；最苦乃在癡立樓頭，直至夜闌月殘之時也。

玩詞意係以女子之口吻出之，所述當非事實，恐屬罷官時之作。蓋幼安報國心切，而投閒置散，乃不勝其井渫匏瓜之悲，特借題發洩耳。「芳草不迷行客路」，殆指無有力者推挽，以復邀聖眷。「垂楊只礙離人目」，乃指遭小人讒妬，不得遂其志也。

祝英台近

辛棄疾

寶釵分，桃葉渡。烟柳暗南浦。怕上層樓，十日九風雨。斷腸點點飛紅，都無人管，更誰勸流鶯聲住？

鬢邊覷，試把花卜歸期，才簪又重數。羅帳燈昏，哽咽夢中語。是他春帶愁來，春歸何處，卻不解帶將愁去。

注釋：寶釵分：〈長恨歌〉：「釵留一股合一扇，釵擘黃金合分鈿。」桃葉渡：在江寧秦淮、青溪合流處。〈古今樂錄〉：「晉王獻之愛妾名桃葉，妹名桃根。獻之嘗臨流歌以送之，後人因名渡曰桃葉。」南浦：〈江淹別賦〉：「送君南浦，傷如之何！」。將：助詞，用於動詞之後。

論析：以追憶往事作起。言昔日寶釵分股，渡頭送別，對凄迷之烟柳，曾黯然魂消。別後相思不已，本欲登樓覽勝，藉以消愁；奈時值暮春，連朝風雨，凄涼景況，易觸愁懷。著一怕字，便化實爲虛矣。「斷腸」二字籠罩全篇。「飛紅」承「風雨」而來，「流鶯」用唐人「打起黃鶯兒，莫在枝上啼」詩意。言欲夢中相見，又常被流鶯喚醒，此乃最令人斷腸之事；却不肯直接道來，而用落花旁襯。言階前飛紅點點，既全無人管，則流鶯驚夢，更倩誰勸其聲住耶？如此著筆，更覺頓挫而復纏綿，空靈而又沉鬱。

換頭「花」字承上「飛紅」而來。淹留不歸，紅顏易老，窗前對鏡，不勝唏噓。及覷見鬢邊花朵，忽生占卜之念；於是摘下鬢花，試卜歸期。奈心煩慮亂，才簪却又重數；如此再三，終無著落，不如重入羅帳，尚可冀得夢中一晤也。此寫蘭閨寂寞，天末懷人，字字如畫，字字淒切。羅帳燈昏，時已深夜，不寫蕭郎入夢，却寫夢中自語；不言爲郎憔悴，郎踪何處，却言春帶愁來，春歸何處，溫柔蘊藉，毫無淫媟冶蕩之語。劉潛夫謂其詞「大聲鏜鎝，小聲鑑鍧，横絕六合，掃空萬古。其穠麗綿密者，亦不在小晏、秦郎之下。」推許並不爲過。

據《貴耳集》載：「呂正已爲京畿漕，有女事辛幼安，因微事觸其怒，竟逐之。桃葉渡詞，即因此而作。」玩詞中「風雨、飛紅、流鶯，花卜歸期等語，淒涼哀怨，殆係幼安思念遂妾，設想其（妾）別後處境之悲苦耳。」張惠言曰：「點點飛紅，傷君子之棄。流鶯惡小人得志，春帶愁來，其刺趙張乎？」此常州派比興之說，就起拍詞意而言，似欠脗合。

暗香

姜夔

辛亥之春，余載雪詣石湖、止既月。授簡索句，且徵新聲，作此兩曲。石湖把翫不已，使二伎肄習之，音節諧婉，乃名之曰暗香疏影。

舊時月色，算幾番照我，梅邊吹笛。喚起玉人，不管清寒與攀摘。何遜而今漸老，都忘卻春風詞筆。但怪得、竹外疏花，香冷入瑤席。

江國，正寂寂。歎寄與路遙，夜雪初積。翠樽易泣。紅萼無言，耿相憶。長記曾攜手處，千樹壓西湖寒碧。又片片，吹盡也，幾時見得？

注釋：石湖：南宋詩人范成大別號。玉人：美好者之稱。《詩經》：「生芻一束，其人如玉。」與攀摘：共攀摘也。何遜：梁東海郯人。文與劉孝綽齊名，時稱何劉。詩亦無豔靡之習，爲齊梁間佼佼者。愛梅，曾從長安回江南官舍，看手種之梅花。春風：謂風之和煦，發生萬物之意。詞筆：猶言詞章。但：却也。得：助詞。香冷：猶言冷香，謂清淡之香氣。瑤席：瑤，珍貴之義。古人席地而坐，故稱座曰席。江國：猶言江鄉。寄與：《荆州記》：宋陸凱與范曄相善。自江南寄梅花一枝。並贈詩曰：「折梅逢驛使，寄與隴頭人；江南無所有，聊贈一枝春。」翠尊：翠玉製之酒杯。紅萼：花未開時，所藉以保護之花瓣外部曰萼。此指梅花。耿：不安也。長記：永遠記得。

論析：「暗香」、「疏影」二曲，乃作者自創新聲，取林和靖詠梅詩中「疏影橫斜水清淺，暗香浮動月黃昏」四字爲名。此暗香一曲，與一般詠梅不同，係以賞梅之人爲主。就己身之經歷，與梅花之盛、衰、開、謝，反復敘述；而身世之感，故國河山之痛，即寓其中；惟以文筆之幽雋冷潔，感慨全在虛處，必須仔細吟誦，方能領會耳。

起拍從今夜憶起「舊時」月色說起。言我嘗於月夜，坐梅旁吹笛。由於月光照映，竟也花、手「一時似玉」。此情此景，屈指算來，已有許多次矣。此我也曾喚起志同道合之友伴，不管戶外寒冷，一同乘月色，去攀摘梅花。此似喻少年時，不畏艱難，以身許國之志氣。何遜句一轉。言文才似何遜之我，如今已漸入老境。無有當年豪情，甚至連寫意氣風發之詞章，都已忘却。此殆喻今老無能，壯志已消磨矣。下二句正式說到眼前實景，言我已無攀摘興致，却怪那竹林外，稀疏之梅花，仍將清淡之香氣，送入座席之間，使我平靜心湖，又無端掀起漣漪。

換頭緊承前結。「江國」，即指石湖所居之江南水鄉。此時，正值冬季，山川寂寥，一片淒清。下使陸凱寄梅花故事，用「歎」字領起。言欲驛寄梅花，奈路逢遙遠，不易送達；又逢夜雪初飛，一時難以放晴。此似喻狼煙四起，開朗無期。而於陸凱詩中所謂之隴頭人，究係何人，作者既未說明，亦無從考證；惟觀前後文意，與上片之玉人，及下句西湖携手之人，當有關連，或即同一人也。於此百感交集之時，持翠尊而飲，更易傷悲。而竹林疏花，又默默不語，真所謂「淚眼問花花不語」，只有埋藏心中，永留相憶而已。下句承「相憶」一轉。言永遠記得我與伊人曾携手於西湖之畔，當時梅樹千株，花正盛開，倒影映於澄碧寒波之中，美極、幽極。可惜好景不常，「又片片吹盡也。」似喻異族侵凌，國土日削，令人浩歎！末句「幾時見得」，幾，何也。言不知何時才能重見，似喻恢復中原，一時尚難實現，但仍不絕望也。

疏影　　　　姜夔

題見前

苔枝綴玉。有翠禽小小，枝上同宿。客裏相逢，籬角黃昏，無言自倚修竹。昭君不慣胡沙遠，但暗憶江南江北。想佩環月夜歸來，化作此花幽獨。

猶記深宮舊事，那人正睡裏，飛近蛾綠。莫似春風，不管盈盈，早與安排金屋。還教一片隨波去，又却怨玉龍哀曲。等恁時，重覓幽香，已入小窗橫幅。

注釋：翠禽小小：殆指羅浮鳳。歐陽原功〈羅浮鳳賦序〉：「羅浮鳳者，海南小禽也。家君自嶺嶠回，挈之北上。予嘉其身負文采，拔去幽阻，乃爲賦。」倚修竹：杜甫詩「天寒翠袖薄，日暮倚修竹。」修，長也。昭君：漢元帝宮女，名嬙。後以賜呼韓邪單于，入胡爲閼氏。但：徒也、空也。佩環月夜歸來：杜甫詩「環佩空歸月夜魂。」深宮舊事：宋武帝女壽陽公主，人日，臥簷下，梅花落於額上，成五出之花，號爲梅花粧。見《初學記》。蛾綠：猶言眉黛。盈盈：女貌輕盈也。古詩「盈盈樓上女。」金屋：極言屋之華麗也。漢武故事：「武帝爲太子時，長公主欲以女配帝。」問曰「得阿嬌好否？」帝曰：「若得阿嬌，當以金屋貯之。」還：猶言「如其」也。教：使也。任也。一片：放眼盡是之意。却：再也。玉龍哀曲：謂玉笛「梅花落」之哀曲。李白詩「黃鶴樓中吹玉笛，江城五月落梅花。」等恁時：猶言到如此時。橫幅：即橫披。書畫之軸在兩端，橫張於壁者。

論析：起拍先點題面，寫梅花之形貌。二、三句使羅浮鳳事，以爲襯托。言梅花開放於生苔枝柯之上，有如綴飾美玉一般。又有一雙翠禽，在枝上同宿。翠禽身負文采，與梅花相映，更覺幽艷動人。四、五句點出賞梅之人，並用擬人法寫梅花之幽獨、高潔。言作者身居客地。黃昏時，徘徊於疏籬角落，發現竹林外，有梅花盛開，丰姿絕塵，有如流落深谷之美人，徒倚於翠竹之間。此用杜甫詩句之意，其中忽插入「無言」二字，與前面「紅萼無言耿相憶」，同一機杼，自含深意。愚意似喻有志之士，見棄不用，無處訴說之苦悶也。七、八句仍以美人爲喻。言昭君遠赴漠北苦寒之地，不慣蠻邦生活，而欲歸不得，徒暗自思憶鶯飛草長之大江南北。下又用杜甫懷古詩意。言想係昭君魂魄於月夜歸來，化作此幽獨之梅花也。就章法而論，昭君句雖係由倚竹之美人引出，但與梅花並無關連，殊有突兀之感；而作者却用想像之筆，以「化作此花」四字，輕輕落到本題。不特立意清新，筆勢亦靈活夭矯，運掉自如。

換頭承前結。由昭君引出壽陽公主故事。言猶記劉宋時，壽陽公主臥於含章閣簷下，梅花飄落額上，號爲梅花粧。此一風流韻事，流傳至今。以「猶記」二字領起，便有不堪回首之感。以下又由壽陽引出阿嬌金屋。言莫似春風無情，任其自開自落；宜早為安排，善加保護。如果任其一片隨波兒去，則又遺玉笛落梅之哀怨矣。護惜之情，溢於言表，似隱喻人才宜早安排錄用，莫使「白了少年頭，空悲切」也。結拍就梅花零落後，作無聊之想。言若到此種地步，重覓幽香，已不可得；而小窗橫幅，亦僅存幻影，幽香亦不能留，徒增感傷而已。

白石詞極精妙，不減清真樂府。其詠物諸作，亦皆清幽冷艷，風雅絕塵；惟好用典。以此疏影一曲而論，即引用許多梅花故實。尤以下片由壽陽梅粧，接入阿嬌金屋，不免有雕斲之痕；且「那人」一詞，亦覺牽強。沈伯時（義甫）云：「白石清勁知音，亦未免有生硬處。」殆即指此類詞句也。

點絳唇　丁未冬過吳淞作

姜夔

燕雁無心，太湖西畔隨雲去。數峯清苦，商略黃昏雨。
第四橋邊，擬共天隨住。今何許？憑欄懷古，殘柳參差舞。

注釋：吳淞：江名，亦名松江，俗稱蘇州河。爲太湖支流之最大者，經吳江、吳縣、崑山、青浦、松江、上海，合黃浦江入海。無心：謂作事初無成心也。太湖：古稱震澤，面積號稱三萬六千頃，島嶼甚多，跨江、浙兩省，物產富饒。清苦：謂景色黯淡淒迷也。商略：有準備或做造之意。第四橋：即吳江城外之甘泉橋，見《蘇州府志》。擬：打算之義。天隨：唐陸龜蒙少高放，居松江甫里，自號江湖散人、或號天隨子。後以高士召，不至。宋時建三高祠與越范蠡、晉張翰並祀。何許：猶言何處，何在。參差：不整齊之貌。

論析：前段寫過吳淞時眼前景物。余初讀此詞，殊不甚解。夫燕春來秋去，而雁則秋來春去，值此冬季，兩者何以同時飛翔於太湖之上？且下又強調其來去之無心，雖似喻作者之胸懷灑落，寄情高遠；但既是無心，何以又謂其隨雲而去，曾不稍留？幾經思索，方悟作者或係據李白〈敬亭獨坐〉：「眾鳥高飛盡，孤雲獨去閒，相看兩不厭，只有敬亭山。」詩意反面下筆。蓋燕雁非專指兩候鳥，而以之代表眾鳥。吳江在太湖之東，遠望西畔眾鳥隨雲而去，正與王勃滕王閣序中「落霞與孤鶩齊飛，秋水共長天一色」之境界相似，爲自然之美景。作者爲表明與李白感受不同，故插入「無心」二字以作區別；且遠山亦非全屬相看不厭，已有數處山峯黯淡淒迷，有即將於黃昏時落雨之跡兆，令人生悲涼之感。總之，此詞前段與李詩之景物，大致相同。所異者，在於表現之法。此詞即景抒情，而李詩則緣情寫景，以自身情緒觀物，故物皆著「我」之色彩也。

換頭就地取材，承上「隨雲」。言路過第四橋邊，心中即興起與天隨子共隱之念。但蕭條異代，無緣得見，空自憑欄懷想，而四顧蒼茫，哲人何在？只有殘柳枝條於寒風中參差亂舞而已。「殘柳」明點冬季，似又暗喻時世昏濁，小人道長，奸佞之徒，秉權得勢，益令人對天隨子之高風，懷念不已。

雙雙燕　詠燕

史達祖

過春社了，度簾幙中間，去年塵冷。差池欲住，試入舊巢相並。還相雕梁藻井，又軟語商量不定。飄然快拂花梢，翠尾分開紅影。

香徑，芹泥雨潤，愛貼地爭飛，競誇輕俊。紅樓歸晚，看足柳昏花暝。應自栖

香正穩，便忘了天涯芳信。愁損翠黛雙蛾，日日畫欄獨憑。

注釋：春社：節候名。《月令廣義》：「立春後五戊爲春社。」幙：帳也。塵冷：塵，迹也。前所遺留者，此指舊巢。冷，冷落、損壞之意。差池：不齊貌。詩經：「燕燕于飛，差池其羽。」還相：又細看也。雕梁：謂華屋棟樑加以雕飾者。藻井：堂殿上承塵板（天花板）繪以水藻，用厭火災。軟語：狀燕語呢喃。紅影：花影。芹泥：謂生長芹菜之泥土。柳昏花暝：謂花柳於暮色中之風姿。應：推測之詞。穩：安也。芳信：敬稱他人之書簡也。《唐詩紀事》：「任宗妻郭紹蘭，因宗久賈不歸，見堂有雙燕。祝之曰：『爾海東來，必經湘中，爲寄書任郎乎？』燕乃飛止膝上。蘭以詩繫其足，竟去荊州。見宗，飛止於肩，足有詩封，宗取觀之，乃妻詩也。」愁損：猶言愁煞。翠黛：古時女子以綠黑色畫眉。雙蛾：蠶蛾之眉整齊美麗，故以比女子眉毛。憑：依也。

論析：起拍從時令說起。言春社過後，氣候溫和，去年南飛避寒之燕子，又隨春天腳步而歸來。次句寫尋覓舊巢。言依循舊路，從重重簾幙中間，飛入華堂。

發現舊巢冷冷清清，且有損壞。以下敘入巢試住之情事。「差池」，「相並」，點明雙燕。「欲住」，「試入」敘一時去住不定。「還相」，「商量」，敘擇居之審慎。言雙燕飛至巢邊，欲入巢內共住，以試是否如舊時舒適。進住之後，復仔細端詳巢外之雕梁藻井，以了解周遭環境之有無變動；又呢喃細語，經過一番商量之後，方決定居住下來。下二句承「塵冷」。言舊巢既有損壞，便應從事修築；於是雙雙飛出簾幙。「飄然」狀體態之輕盈。「分開紅影」，狀穿過開滿紅花之枝頭。其所以特別強調翠尾者，以燕之尾部似剪，不同於其他鳥類。就其特點著筆，故生動逼真而有情味。

換頭緊承上片之意，寫啣泥，啣草之狀。言雙燕飛翔於長滿花草之小徑上，此時適逢雨後，芹泥潤濕鬆軟，正好啣作築巢之用。工作雖極忙綠，心情卻頗愉快。愛以貼地之姿勢，比賽飛翔；競相誇耀己身之輕盈俊美。如此直至天色已晚，看足黃昏時柳昏花暝之景色，興會淋漓，方返巢棲息。行文至此，詠燕之意已竟。結拍使飛燕傳書故事。以高樓少婦之孤寂愁苦，襯托燕子雙宿雙飛之安樂美滿；並用「正穩」，「便忘了」等詞句，隱含責怪之意。言雙燕應是棲息香巢，十分安逸；便忘了天涯外美人託付之書信；須知彼美深鎖雙眉，日日獨憑畫欄，目斷天涯，殷盼回音也。

南宋詞人工於詠物，以託意爲高。梅谿此闋雙飛燕，極體物之工，幾於形神俱似。若以寄託言，則紅樓歸晚以下六句，似責當時在位者不思恢復，晏安酖毒之非；喻「遺民淚盡胡塵裏，南望王師又一年」之苦。小中見大，婉而成章，堪稱梅谿詞之代表作。

風入松 春晚感懷

吳文英

聽風聽雨過清明，愁艸瘞花銘。樓前綠暗分携路，一絲柳，一寸柔情。料峭春寒中酒，交加曉夢啼鶯。

西園日日掃林亭，依舊賞新晴。黃蜂頻撲秋千索，有當時纖手香凝。惆悵雙鴛不到，幽階一夜苔生。

注釋：清明：節令名。在陽曆四月初五或初六日。艸：起稿也。瘞：埋葬也。銘：文體之一。本刻於金石，以稱述功德，或以自警。此爲遊戲之文。綠暗：濃綠成蔭之意。韓琮送別詩「綠暗紅稀出鳳城。」分携：猶言分離。料峭：風著肌微寒貌。蘇軾詩：「漸覺東風料峭寒。」中酒：謂醉酒也。杜牧詩：「中酒落花前。」交加：錯雜之意。杜甫詩：「種竹交加翠。」一本作「迷離。」曉夢啼鶯：〈金昌緒春怨〉：「打起黃鶯兒，莫教枝上啼；啼時驚妾夢，不得到遼西。」西園：三國時，魏之遊晏名區。曹丕詩：「乘輦夜行遊，逍遙步西園。」此指遊息之處。雙鴛：謂履也。中華古今注：「漢有鴛鴦履，昭帝令冬至日上舅姑。」

論析：起拍點出時令。言清明佳節，是在風雨聲中渡過。悶坐室內，擔心園中花朵，不知飄落多少。次句承之。言擬於天晴後，清掃落花，予以埋葬；於是動筆起草葬花之銘。「草」字上加一「愁」字，便覺葬花、銘花，用情已深；又含愁著筆，更覺纏綿矣。三、四兩句，由風雨中落花，引出思念中之美人。言一番風雨之後，綠肥紅瘦。樓前之路，正是日前與彼美分別之處；如今柳蔭茂密，此一絲之柳，相當情之一寸；柳絲千萬縷，可知思念之深，難以言喻矣。五、六句伸說夜晚風雨中之苦悶。言春寒料峭，惟有醉酒，可暫時驅寒、消愁；然當殘宵酒後，迷離夢境正紛至沓來，又被曉鶯啼聲驚醒，無法圓成好夢。

換頭寫放晴後遊園情事。言放晴後，每日均派人打掃西園林間小徑，及遊息之亭。依舊去欣賞雨後初晴之景。用「日日」、「依舊」等詞極沉鬱，不勝「物是人非，人面桃花」之感。以下寫一片癡情。言見秋千而思纖手，見黃蜂頻撲而疑餘香猶凝。恍惚之境，非非之想，寫來生動傳神，令人叫絕。結拍點明題旨。言伊人遠去之後，雖日日盼其翩然重臨，但消息沉沉，不勝惆悵，驀然驚覺日前伊人雙履所踐之幽階，現已生苔矣。夫苔生非一夜可致，而曰一夜者，蓋別緒縈懷，無時或釋，分携雖已多日，仍如在昨日也。

此詞情景交融，溫厚圓美，無南宋一般詞作之顯露，殆受晏歐作風之影響所致，爲夢窗詞集中上乘之作。

齊天樂　蟬　王沂孫

一襟餘恨宮魂斷，年年翠陰庭樹。乍咽涼柯，還移暗葉，重把離愁深訴。西窗過雨，怪瑤珮流空，玉箏調柱。鏡暗妝殘，為誰嬌鬢尚如許？銅仙鉛淚似洗，歎移盤去遠，難貯零露。病翼驚秋，枯形閱世，消得斜陽幾度？餘音更苦，甚獨抱清商，頓成淒楚。謾想薰風，柳絲千萬縷。

注釋：一襟：滿懷也。餘恨：謂身雖死而恨未消也。宮魂：相傳齊王后怨王而死，屍化爲蟬，登庭樹而鳴。見中華古今注。斷：了結也。盡也。還：又也。把：將也。瑤珮：謂玉珮。調柱：調，和也。柱，琴、瑟、箏等之所以繫絃者。爲誰：爲何也。嬌鬢：崔豹古今注：「魏文帝宮人莫瓊樹制蟬鬢，縹緲如蟬翼然。」如許：猶言如此。銅仙鉛淚：李賀〈金銅仙人辭漢歌序〉：「魏明帝青龍元年詔宮官牽車、西取漢武帝所製之捧露盤仙人，欲立置前殿。宮官既拆盤，仙人臨載，乃潸然淚下。」其歌有云：「官將漢月出宮門，憶君清淚如鉛水。」貯：藏也，積也。閱世：經歷時世也。得：助詞。甚：正也。真也。清商：曲調名。後魏文帝用師淮漢，收其所獲南音，謂之清商樂，相和諸曲均在焉。謾：空也。薰風：和煦之風。

論析：作者生於宋末，目睹故國淪亡，生活於蒙古高壓之下，敢怒不敢言。惟以哀婉雅淡之筆，藉花月蟲鳥，發抒其遺民之痛。本闋詠蟬，起拍即使齊女化蟬故事。言齊后芳魂雖斷，化而爲蟬；但滿腔餘恨，仍未消解，從此年年悲鳴於庭樹翠陰之中。下三句寫悲鳴之情狀。言芳魂柔怯，方嗚咽於透風枝柯之上；又驚懼不安，移至深密暗葉之中，再將滿懷離愁，盡情傾訴。此殆喻宋室播遷，簪纓四散，飽受流離顛沛之苦也。翠陰指盛夏之時，庭樹謂宮中樹木。「西窗過雨」，殆喻異族入侵，版圖變色。此四字承上啓下。言夏去秋來，一番風雨之後，蟬雖漸呈衰老，卻有異常之現象發生。瑤珮流空，狀蟬之身形，玉箏調柱，狀蟬之單一無旋律之鳴聲。用「怪」字領起。言所怪者，何以不棲息於庭樹之中，却掠空而過，飛出宮庭；尤可怪者，秋已深，蟬已老；正如美人遲暮，鏡已昏暗，鉛華已殘褪，何以尚梳成如此嬌美雙鬢？意欲何爲？此殆責亡國之臣，靦顏事敵之態，令人憎惡也。

換頭承上「西窗過雨」之意。使魏明帝移承露盤故事，以喻江山已淪於異族之手。此三句言捧承露盤之仙人，淚下如鉛之融化，與洗面一般，乃因移盤遠去而悲。蟬以飲露而生，無盤承露，蟬即難以存活。從此衰弱之雙翼，瑟縮於秋風之中；乾枯之軀體，面臨痛苦煎熬之時日，不知還能渡過幾個斜陽薄暮？此殆喻遺民生活於敵人鐵蹄之下，性命難保也。餘音三句，言曩時深訴離愁所鳴奏之清商曲調，值此深秋，已成更淒厲哀苦之音。末句回應上文翠陰庭樹之意，言回想以前薰風吹拂，於柳絲千萬縷中，飛鳴轉動之夏日生活，猶如大夢一場，如今已無處追尋矣。

八聲甘州

張炎

辛卯歲，沈堯道同余北歸，各處杭越，踰歲，堯道來慰寂寞，語笑數日，又復別去。賦此曲並寄趙學舟。

記玉關踏雪事清遊，寒氣脆貂裘。傍枯林古道、長城飲馬，此意悠悠！短夢依然江表，老淚灑西州。一字無題處，落葉都愁。

載取白雲歸去，問誰留楚佩，弄影中洲？折蘆花贈遠，零落一身秋！向尋常野橋流水，待招來不是舊沙鷗。空懷感，有斜陽處，却怕登樓。

注釋：玉關：即玉門關。事：作爲也。清遊：猶言閒遊。脆：小輕易斷也。宋四家詞選作「敝」，脆即敝壞之意。長城飲馬：謂征戍之客至於長城而飲其馬。古樂府有：「長城飲馬窟行」。一本作「長河飲馬」謂飲馬於黃河之濱也。

此意：謂當時之心境、情懷。悠悠：憂也。長遠有。江表：謂江之外，即大江以南也。西州：地名。在今江蘇江寧縣。晉謝安之甥羊曇，少爲安所知。安亡後，曇行不出西州路。嘗大醉歌吟道中，不覺至州門。左右曰：「此西州路也」。慟哭而去。一字無題處：唐于祐于御溝中，拾一葉，上有詩；亦題詩於葉，置溝上流。宮人韓夫人得之。後值帝放宮女。韓氏嫁祐成禮，各於笥中取紅葉相示曰：「可謝媒矣。」見青鎖高議。都：皆也。載取白雲歸去：歸隱之意。陶宏景詩：「山中何所有，嶺上多白雲；只可自怡悅，不堪持贈君。」取：助詞。問：向也。留楚佩弄影中洲：屈原〈九歌・湘君〉：「捐余玦兮江中，遺余佩兮澧浦。」，「君不行兮夷猶，蹇誰留兮中州。」向，臨也。

論析：玉田雅愛清遊，曾遠赴燕薊，往來於浙東西。此闋據自序知作於北歸之後。

起拍用追敘法，以「記」字領起以下五句。言猶記我等曾遠赴玉關，踏雪清遊。雖朔北苦寒，貂裘因久服而敝；然遊興並未稍減。或於枯林古道中，聯轡而行，或飲馬於長城之窟。面對邊陲之莽蒼景象，心潮澎湃，歷久難平。第六句「短夢」承上，「依然江表」起下。言玉關清遊，恍如一場短夢；如今雖身在江表，而胸中依然懷有此意。此意究係何意？有不能明言，且除同遊知己者外，亦無人可與語者。只有如晉之羊曇，淚灑西州而已。玉田詞中屢使羊曇事，當有所指，惜無從考證。下句「一字無題處」，承此意悠悠。言古人曾有題詩寄情於紅葉，而我心中雖懷此意，限於處境，却無一字可題，眼前紛紛落葉，徒增無盡哀愁耳。

換頭寫堯道來慰寂寞，又復別去。「問誰」二字無限感慨。言堯道雖欲留佩弄影，期有遇合而有所作爲，奈無人賞識，只有載取白雲歸去耳。下就自己言，好友臨別，無以爲贈，只有折蘆花以慰遠人。「零落一身秋」五字，凄惻冷雋。言我因折蘆花而零落沾衣，平添一身秋色。詞字間不勝「同是天涯淪落人」之感。以下設想別後情懷。言此後隱居鄉曲，閒遊於野橋流水之旁，欲續鷗盟，奈招來已不是舊時沙鷗。似喻人事變易，同調者稀，不僅惜當前之離別，寄趙學舟之意亦在焉。末三句從辛稼軒「休去倚危闌，斜陽正在烟柳斷腸處。」化出。其故國河山之痛，知交離散之悲，同遊舊侶，當可共喻也。

此詞上半闋由追懷往事，說到近況。下半闋由送別說到別後寂寞。思昔傷今，一氣直下，如天際浮雲，隨風舒卷。譚獻謂「嘤求稼軒，脫胎耆卿。」以評此詞頗允當。

作者簡介

一、唐詩作者

王　勃：字子安，絳州龍門人。六歲能文詞。未冠，應舉及第，授朝散郎。恃才傲物，後因事獲罪，遇赦。父坐勃故，遷交阯令。勃侍父上任，道經南昌。會都督閻公宴客於滕王閣。勃即席作序，閻公嘆爲天才。後渡海溺死，年二十九，爲初唐四傑之一。

王　維：字摩詰，太原祁人。九歲能屬辭。開元初，擢進士，累遷尙書右丞，世稱王右丞。善五言詩，書畫特臻其妙。有別墅在輞川，嘗與裴迪浮舟往來，彈琴賦詩。詩集稱《輞川集》。

裴　迪：初與王維，崔興宗俱居終南。天寶後，爲蜀州刺史，與杜甫友善。

孟浩然：襄陽人，隱鹿門山。年四十。遊京師，嘗於太學賦詩，一座嗟伏。王維私邀入內署，而玄宗至。帝問其詩，浩然自誦所爲至「不才明主棄」句，帝曰：「卿不求仕。奈何誣我？」因放還。詩二百十首，王士源序次爲三卷，今併爲一。

王昌齡：江甯人。第進士，補秘書郎。又中宏詞，遷汜水尉。晚年因不護細行，貶龍標尉。爲詩緒密而思清，有集五卷。

高　適：渤海人。少落魄，宋州刺史張九皐奇之，舉有道科中第。歌舒翰表掌書記。安祿山反，拜左拾遺。後蜀亂，出爲蜀、彭二州刺史。天子罷崔光遠，又以適代西川節度使。適年五十始爲詩，即以氣質自高。

王之渙：并州人。工詩，與王昌齡、高適相友善。集異記所載旗亭故事，王即其中之一。

崔　顥：汴州人。登進士第，累官司勳員外郎。少時，爲詩屬意浮豔，多陷輕薄。晚歲忽變常體，風骨凜然。

李　白：字太白，號青蓮居士。天才英特，賀知章見其文，嘆曰：子謫仙人也。玄宗召見，授筆立就清平樂詞三章。以高力士進讒，懇求歸山，帝賜金放還。安祿山反，明皇幸蜀，永王璘節度東南，迫致之。璘敗，坐繫獄，後流夜郎，以赦獲釋。卒於當塗。所爲詩高妙清逸，與杜甫齊名，後人尊爲詩仙。

杜　甫：字子美，審言從孫。自稱杜陵布衣。玄宗時，以獻三大禮賦得待制集賢院。肅宗時，爲右拾遺，因事被黜，旋起爲工部員外郎。大曆中，南遊至耒陽，一夕大醉卒。善爲詩歌，涵渾汪洋，千態萬狀，後人尊爲詩聖。

劉長卿：字文房。河南人。開元舉進士。性剛多忤，官終隨州刺史。詩調雅暢，馳聲上元、寶應間。權德輿嘗謂之為五言長城。詩九卷。

韋應物：京兆人，工詩。由比部員外郎遷左司郎中。貞元初，出為蘇州刺史。多惠政。性高潔、所在焚香掃地而坐。惟顧況、劉長卿、皎然之儔，得廁賓客，與之酬唱。其詩閒淡簡遠，人比之陶淵明。

司馬曙：字文明，廣平人。登進士第，從韋皐於劍南。貞元中。為水部郎中，終虞部郎中。詩格清華，為大曆十才子之一。

李　益：隴西人。登進士第。長為歌詩，與宗人李賀齊名。每一篇成。教坊樂工爭以賂求取。性多猜忌，防閑妻妾過為苛酷。憲宗召為秘書少監，自負才情，為眾不容。太和初，以禮部尚書致仕卒。

劉禹錫：字夢得，彭城人。擢進士第，登博學宏詞科，淮南杜佑表管書記，入為監察御史。元和初，以附王叔文被貶為朗州司馬。後宰相裴度薦為禮部郎中，出為蘇州刺史。韓愈、柳宗元皆與之善。其文則自為軌轍，詩亦精銳，有《賓客集》三十卷。外集十卷。

柳宗元：字子厚，河東人。少精敏絕倫、文章卓偉。由進士累官監察御史。坐王叔文黨貶永州司馬，徙柳州刺史。為文益進。世號柳柳州。韓愈稱其文雄深雅健。

似司馬子長。

元　稹：字微之，河南人。幼孤，母親授書傳。元和初，對策舉制科第一，拜左拾遺、監察御史。遇事敢言。長慶中，擢知制誥，俄遷中書舍人，進同中書門下平章事，後拜武昌節度使，卒年五十三。詩以平易勝，與白居易齊名，號元和體。

李商隱：字義山。懷州河內人。開成二年，擢進士第。初爲文奇古。及在令狐楚府，楚本工章奏，因授其學，儷偶長短而繁縟過之。時溫庭筠、段成式均用是相誇，號三十六體。詩與溫庭筠齊名。王安石謂唐人能學老杜而得其藩籬者，惟商隱一人。宋楊億等摹擬其詩，作《西崑唱酬集》，遂稱西崑體。

溫庭筠：字飛卿，太原人。才思敏捷、工詞章小賦。作賦凡八叉手而八韻成，時號溫八叉。數舉進士不第。大中末，謫爲方城尉，後竟流落而死。最善鼓琴吹笛，嘗云有絲即彈，有孔即吹，不必柯亭爨桐也。

張　祜：字承吉，清河人。以宮詞得名。長慶中，得令狐楚薦不報，辟諸侯府，多不合。嘗客淮南，愛丹陽曲阿地，築室卜隱。

許　渾：字仲晦，丹陽人。登太和進士。大中間，爲監察御史、歷睦、郢二州刺史。工詩，有別墅在京口丁卯橋，故詩名《丁卯集》。

馬　戴：字虞臣，會昌間登進士第。大中初，李司空辟掌書記，以正言被斥爲龍陽尉。咸通末，佐大同軍幕，終太學博士。

雍　陶：字國鈞，成都人。大中八年，自國子毛詩博士，出刺簡州。詩集一卷。

張　喬：池州人。咸通進士。工詩，與許棠、俞坦之、鄭谷等稱爲十哲。巢寇爲亂，隱九華山，集二卷。

秦韜玉：字仲明，京兆人。中和二年，得准勅及第。僖宗幸蜀。以工部侍郎爲田令孜神策判官。

鄭　谷：字若愚，袁州人。幼潁悟，能詩。司空圖見而奇之，曰：「當爲一代風騷主。」乾寧中，爲都官郎中，卒於家。以詠鷓鴣詩得名，時稱鄭鷓鴣。有《雲臺編》三卷，又《宜陽集》三卷。

崔　塗：字禮山，江南人。光啓間，進士及第。集一卷。

陳　陶：字嵩伯，劍浦人。少學長安，南唐昇元中歸宋，後隱居洪州西山。工詩，兼通釋老，自號三教布衣。善天文曆象，後變姓名徙去，不知所終。

二、宋詞作者

晏幾道：字叔原，號小山，江西撫州臨川人。爲宋宰相晏殊第七子。工詞，言情之作，由擅勝場。雖爲貴公子而孤高自傲，天真浪漫，以致仕途蹇滯，生涯落魄。緬懷昔日之榮華，輙灑窮途之血淚。其詞似李後主。馮煦曰：「淮海、小山，古之傷心人也。其淡語皆有味，淺語皆有致。」有《小山詞》二卷。

柳　永：字耆卿，初名三變，宋崇安人。仁宗景祐元年進士。當其爲舉子時，多遊狹邪，善爲歌詞，教坊樂工每得新腔，必求之爲詞，始行於世；於是聲傳一時，有井水處皆能歌其詞。嘗有鶴沖天詞云「忍把浮名，換了淺斟低唱。」爲仁宗所斥。後改名「永」，方得登第。官至屯田員外郎，故世號柳屯田。其詞名《樂章集》。

蘇　軾：字子瞻，號東坡居士，宋眉山人。仁宗嘉祐二年進士，累官翰林學士。前遭詩獄，後罹黨禍。紹聖初安置惠州，徙昌化。元符初、北還，卒於常州。高宗朝，追謚文忠。其詞集名《東坡居士詞》。陳廷焯云：「詞至東坡，一洗綺羅香澤之態，寄慨無端，別有天地。」

秦　觀：字少游，號淮海居士，高郵人。元祐登第後，蘇軾薦於朝，除太學博士，遷正字、兼國子編修。紹聖初，坐黨籍削秩，監處州酒稅，徙郴州，又徙雷州。後放還，至藤州卒，年五十二。有淮海詞三卷。其詞輕柔婉約，已達爐火純青之境。蔡伯世云：「子瞻辭勝乎情，耆卿情勝乎辭，辭情相稱者，惟少游一人而已。可謂推崇備至。」

賀　鑄：字方回，衛州人。爲太祖孝惠后族孫。身長七尺，面鐵色，狀貌奇醜，有賀鬼頭之稱。元祐中，通判泗州，又倅太平州。五十後，退居吳下，自號慶湖遺老。宣和七年，以疾卒於常州僧舍。喜校書，詩文皆高，工長短句。周濟謂「方回鎔景入情，故穠麗。」有《東山寓聲樂府》三卷。

周邦彥：字美成，自號清真居士，錢塘人。博涉百家之書，詞名甚盛，妙解音律，能自度新聲。元豐中，獻汴都賦，召爲太學正。徽宗朝，仕至徽猷閣待制，提舉太晟府。討論古音，增引、近，慢曲，或移宮換羽，爲三犯、四犯之調。後出知順昌府、徙處州卒，年六十七。詞集名《片玉詞》。陳振孫謂「美成詞多用唐人詩語，檃括入律，混然天成。長調尤善鋪敘，富艷精工，詞人知甲乙也。」

李清照：自號易安居士，濟南人。禮部員外郎李格非之女，幼有才藻，長適太學生趙明誠。夫婦皆好學能文，尤善搜討考訂，收集金石古玩甚多。南渡後，明誠病卒、清照依其弟迒於金華，輾轉避難於衢越諸州。清照於詞爲大家，眼界甚高，對以前作家，多致其不滿之意。其少年所作，幽媚柔暢，富女性美；晚年所作，遒勁悲涼，蓋境遇使然。詞集名《漱玉詞》，惜多散佚。

辛棄疾：字幼安，號稼軒，歷城人。少時以詩詞謁蔡光。光曰：「他日當以詞名家。」紹興間，耿京聚兵山東，聘掌書記。紹興三十二年，奉表南歸，高宗召見，授承務郎，累官浙東安撫使，進樞密都承旨。卒年六十八。棄疾兼資文武，慷慨有大略，平生以氣節自負，功業自許，惟爲當路所忌，未盡其才。忠憤鬱勃之氣，皆發之於詞；故能於翦紅刻翠之外，屹然別立一宗。其詞名《稼軒詞》，又名《稼軒長短句》。

姜　夔：字堯章，鄱陽人。蕭東父愛其詞，妻以兄子，因寓吳興之武康，與白石洞天爲鄰，自號白石道人。慶元中，上書乞正太常雅樂，得免解，迄不第。詞與稼軒齊名。每自製曲，初率爲長短句，然後協以音律。今尙存其所製歌譜。夔性恬澹，隱居不仕。與范成大、楊萬里等友善，卒於臨安，年八十有一。詞名《白石道人歌曲》。

史達祖：字邦卿，號梅谿，汴人。與姜夔同年生（紹興二十五年）據《四朝聞見錄》載：曾爲韓侂冑省史，凡奉行文字，擬帖撰旨，皆出其手。委身權貴之門，又無科名，故爲當時士林所鄙棄，後韓事敗，遂黥焉。王鵬運已辨其非一人。有《梅谿詞》一卷。

吳文英：字君特，號夢窗，晚號覺翁，四明人。較白石梅谿爲晚出。隱居不仕，從吳履齋諸公游，嘗爲榮王邸上客。有謂曾與白石唱和者，蓋係姜白帚之誤。其論作詞之法：音節欲其協，否則成長短之詩；下字欲其雅，否則近纏令之體；用字不可太露，露則直突而無深長之味；發意不可太高，高則狂怪而失柔婉之意。頗爲精當，所著有《夢窗甲乙丙丁稿》四卷。

王沂孫：字聖禹，號碧山，會稽人。宋亡後，與周密、張炎等同結詞社，其他事蹟無可考，惟延祐四明志謂其至元中，官慶元路學正。但據樂府補題，則又與宋遺民之說不合。有《碧山樂府》二卷，又名花外集。周濟云：「碧山胸次恬澹，故黍離麥秀之感，只以唱歎出之，著力不多，地分高絕。」

張　炎：字叔夏，號玉田，又號樂笑翁。循王俊六世孫，故雖世居臨安、仍自稱西秦人。從王父鎡、從父桂、父樞皆工詞，炎承家學，又生當宋末，盛衰興亡之感，一寓之於詞。著《詞源》二卷，論作詞之法：曰雅正、曰清空、曰妥溜。陸輔之作詞旨，即傳其說。詞集名《山中白雲》，又名《玉田詞》。

參考書目

唐詩三百首　廣城出版社印行（朱自清著）
唐詩三百首　台北書局（王長賡釋註）
聖歎選批唐才子詩　正中書局印行
讀杜心解　浦起龍
宋詞舉　正中書局印行（陳匪石編著）
宋詞通論　台灣開明書局印行（薛礪若著）
宋詞欣賞　台灣大同書局（魯弓長編著）
白香詞譜　台北書局出版

國家圖書館出版品預行編目資料

唐詩宋詞選說 / 吳祥熊 著
--初版-- 臺北市：蘭臺出版社：2014.12

ISBN：978-986-6231-97-1（平裝）

831.4　　　　　　　103021333

古典文學研究叢刊 6

唐詩宋詞選說

作　　者：吳祥熊
美　　編：林育雯
封面設計：林育雯
編　　輯：高雅婷
出 版 者：蘭臺出版社
發　　行：蘭臺出版社
地　　址：台北市中正區重慶南路1段121號8樓之14
電　　話：(02)2331-1675或(02)2331-1691
傳　　真：(02)2382-6225
E—MAIL：books5w@yahoo.com.tw或books5w@gmail.com
網路書店：http://store.pchome.com.tw/yesbooks/
http://www.5w.com.tw、華文網路書店、三民書局
博客來網路書店 http://www.books.com.tw
總 經 銷：成信文化事業股份有限公司
劃撥戶名：蘭臺出版社　帳號：18995335
香港代理：香港聯合零售有限公司
地　　址：香港新界大蒲汀麗路36號中華商務印刷大樓
C&C Building, 36,Ting, Lai, Road, Tai,Po, New,Territories
電　　話：(852)2150-2100　傳真：(852)2356-0735
總 經 銷：廈門外圖集團有限公司
地　　址：廈門市湖裡區悅華路8號4樓
電　　話：86-592-2230177　傳 真：86-592-5365089
出版日期：2014年12月 初版
定　　價：新臺幣360元整（平裝）
ISBN：978-986-6231-97-1